Linda Schultz

Elbgut

Für meine Mama

Linda Schultz

Elbgut

Kriminalroman

Schardt Verlag

Bibliographische Information der Deutschen Bibliothek:

Die Deutsche Bibliothek verzeichnet diese Publikation in der *Deutschen Nationalbibliografie*; detaillierte bibliographische Daten sind im Internet über *www.d-nb.de* abrufbar.

Titelbild: jlokij / photocase.de

1. Auflage 2014

Schardt Verlag
Metzer Straße 10 A
26121 Oldenburg
Tel.: 0441-21 77 92 87
Fax: 0441-21 77 92 86
E-Mail: kontakt@schardtverlag.de
www.schardtverlag.de

ISBN 978-3-89841-770-9

1

Ihr Körper fiel still. Viel zu still.

Ich starrte auf meine Hände. Die Fingerkuppen waren weiß vor Kälte. Und nass von der Nacht.

Es gab keinen anderen Ausweg. Sie konnte nicht bleiben. Ich liebte und ich hasste sie so sehr. Brauchte und verabscheute sie.

Ich blickte zu der Stelle, von der sie verschwunden war. Sie hatte mich angesehen, als sie fiel. Und nichts gesagt, nichts gerufen, nichts geschrien. Ganz still war sie gefallen. In ihren Augen hatte ich lesen können, dass sie nicht glauben konnte, dass ich das getan hatte.

Ich hörte nichts. Nur das Rauschen des Windes. Und die Geräusche der Stadt hinter mir.

Ich müsste den Aufprall längst gehört haben. Meine Hände fassten an die feuchte, metallene Kante des Geländevorsprunges. Ich blickte in die Tiefe. Es war nichts zu sehen. Es war zu dunkel.

Es hatte keinen Aufprall gegeben.

Drei Monate zuvor

Der Tag, an dem Mona das erste Mal geweint hatte, war auch der Tag, an dem sie verschwand.

Es war einer dieser Tage, an denen die Luft schwer war und der Regen kurz bevorstand. Immer wieder frischte der Wind auf, wehte von der Elbe den Hang hinauf, fegte durch die schmalen Gassen und engen Häuserabstände, nahm einem fast die Luft, schüttelte die alten und schiefen Bäume der Gärten und drohte mit tiefgrauen Wolken. Und doch regnete es den ganzen Tag nicht. So schnell wie der Wind gekommen war, ebbte er auch wieder ab, gab einen Augenblick Ruhe, verschwand, ohne Regen zu bringen, und hinterließ diese kleinen lästigen Haufen voller Laub und gebrochener Äste in ausweglosen Ecken. Immer wieder blickten die Menschen in den Himmel, hielten die Handflächen prüfend in den Wind, wollten eigentlich keinen Regen und hofften dennoch darauf, damit dieses Drohen endlich nachlassen würde.

Ich blickte auf die Elbe hinunter. Wie fließendes Blei durchschnitt sie die Landschaft. Harmlos sah sie von hier oben aus. Ein riesiges Containerschiff schien regungslos auf ihr zu verharren. Wahrscheinlich wartete es auf einen Schlepper oder die Erlaubnis, den Hafen passieren zu dürfen.

In dem Garten vor mir tanzten die Fingerhüte im Wind. Ihre pinkfarbenen Blüten trotzten dem dunklen Himmel. Links unter mir bellte ein Hund den Himmel an. Auch er spürte das Drohen. Ein unangenehmer Geruch zog die Straße hinauf. Ich verzog das Gesicht. Ich ging ein paar Schritte an den Zaun, konnte aber nicht ausmachen, woher der Geruch genau kam.

Er erinnerte mich an den Keller meines Großvaters. Er hatte in einem dieser kleinen Kapitänshäuser unten im Treppenviertel gewohnt. Nur wenige von diesen Häusern waren heute noch in ihrem ursprünglichen Zustand erhalten. Sein winziger Keller war immer feucht gewesen, modrig mit grünen, nassen Wänden voller Algen, Boten der Elbe. Genutzt hatte er den Keller nicht, aber für mich und meine Schwester war es immer eine Mutprobe gewesen, dort hinunterzugehen. Wir hatten die Zeit gestoppt, wie lange wir es in dem stickigen, kleinen Raum unter der Erde ausgehalten hatten. Damals hatte ich die Elbe noch gemocht und oft gegen meine kleine Schwester gewonnen.

Die Muschelketten, die hinter mir an den Fenstern hingen, klirrten hektisch im Wind. Sie bestanden nicht nur aus Muscheln, sondern auch aus anderem Strandgut, kleinen Ästen, vom Wasser geschliffenen Porzellan- und Glasscherben, Bändern, Steinen und unterschiedlich farbigen Holz- und Glasperlen.

Eine Gruppe schwarzer Raben flog schreiend und mit Beute im Schnabel dicht über mir vorbei. Ich zuckte kurz zusammen. Obwohl diese Tiere so klug waren, machten sie mir Angst.

In meiner Hosentasche vibrierte mein Telefon.

„Frau Grimaldi, sind Sie das?“ Es war Herr Benjes. Seine Stimme klang besorgt.

„Ja.“ Ich ging ins Haus und schloss die Haustür hinter mir. Augenblicklich wurde es stiller. Mir war gar nicht aufgefallen, wie laut der Wind draußen gewesen war.

Ich ging in den Wohnraum unseres Hauses. Benjamin kochte. Er filetierte gerade einen Fisch, den er vom Markt mitgebracht hatte. Er blickte kurz auf, schnitt dann aber konzentriert weiter. Ich konnte an seinem Gesicht sehen, dass ihn irgendetwas beschäftigte.

Küche und Wohnzimmer nahmen fast das ganze untere Geschoss des winzigen Hauses ein. Die gesamten Wände bestanden aus weißen Einbauschränken und angepassten Regalen, die mit ein paar alten Möbelstücken kombiniert waren. Es hatte gar keine andere Möglichkeit für uns gegeben. Wände, Boden und Decken waren so schief und uneinheitlich gewesen, dass ein gekauftes Möbelstück sehr schwer anzupassen war. Durch die eingebauten Schränke und Regale wurde jede Nische sinnvoll genutzt. Das Haus war voll, viel zu voll, das wusste ich. Benjamin sagte das oft.

Überall in der Küche standen unterschiedlich große Gläser mit eingemachten Marmeladen, eingelegten Kräutern, Flaschen mit Weinen, Likören und Ölen, Behälter und Dosen, hingen Töpfe, Pfannen und andere Kochutensilien. Und auch das Wohnzimmer war vollgestellt mit Büchern, Bildbänden, Erinnerungen, Urlaubsandenken, Karten und Fotos. Nur der Küchenblock, der die Küche vom Wohnzimmer trennte, war übersichtlich und aufgeräumt. Das war Benjamins Refugium. Er kochte jeden Tag. Es entspannte ihn.

Neben dem Wohnraum gab es noch einen weiteren Raum im Erdgeschoss, das Therapiezimmer. Auch hier waren die Regale und Schränke eigentlich viel zu voll gestellt, aber es hatte sich noch nie eines der Kinder beschwert. Es gab unzählige Bücher, viele Kinder- und Bilderbücher, aber auch Spiele, Puzzle und Figuren und Puppen, die ich für meine Arbeit brauchte und die die Kinder manchmal mitbrachten.

Ich ließ die Tür offen. Benjamin konnte ruhig zuhören. Es kam immer wieder vor, dass Eltern abends anriefen, um noch einmal nachzufragen, wie die Sitzungen gelaufen waren. Außerdem kannte Benjamin Herrn Benjes. Sie arbeiteten zusammen in der gleichen Kanzlei. Benjamin war es auch, der mich Herrn Benjes empfohlen hatte.

„Ist Mona noch bei Ihnen?"

„Nein." Ich stockte kurz und blickte auf die Uhr, die über dem Schreibtisch an der Wand hing. „Sie ist schon vor drei Stunden hier weg."

Mona war direkt nach dem Mittagessen zur Therapie gekommen und nach einer Stunde Sitzung nach Hause aufgebrochen. Sie wohnte das Treppenviertel nur ein paar Meter hinauf. Es waren fünf Minuten Fußweg. Sie hätte längst zu Hause sein müssen.

„Ist sie nicht da?" In mir stieg ein ungutes Gefühl auf.

„Nein, sie ist bis jetzt hier nicht angekommen." Herr Benjes musste nicht hinzufügen, dass er sich Sorgen machte. Es war deutlich an seiner Stimme zu hören.

„Vielleicht ist sie noch zu einer Freundin?"

„Nein, wir haben fest vereinbart, dass sie nach der Sitzung nach Hause kommt und wir", er stockte kurz, „vielleicht darüber sprechen."

Natürlich wusste ich das. Es war wichtig, dass Monas Vater nach den Sitzungen da war und als Ansprechpartner bereit stand, falls sie reden wollte. Das hatte das Mädchen bis jetzt nicht gemacht, aber irgendwann würde sie es hoffentlich tun.

„War heute irgendetwas anders?" fragte ihr Vater.

Ich schluckte. Das war es tatsächlich gewesen. Mona hatte geweint. Nicht lange, ganz kurz und plötzlich. Danach war sie gleich wieder zu ihrer gewohnten Strenge zurückgekehrt. Sie hatte das erste Mal geweint. Ich hatte es für ein gutes Zeichen gehalten. Für ein erstes Zeichen, dass sie endlich anfing, Gefühle zuzulassen.

„Sie war vielleicht ein wenig aufgelöster als sonst." Ich hatte plötzlich ein schlechtes Gewissen. Hätte ich Mona nicht alleine nach Hause schicken dürfen? „Aber als sie ging, war alles wie immer", fügte ich hinzu.

Und das war es auch gewesen. Mona hatte mir wie immer die Hand gegeben und sich bis zur nächsten Woche verabschiedet. Freundlich, höflich, ernst. Viel zu ernst für ein zwölfjähriges Kind. Das hatte auch Paula gesagt, meine Freundin. Sie war während der Therapiesitzung hier gewesen.

„Ich hoffe …" Herr Benjes sprach den Satz nicht zu Ende. „Ich gehe noch einmal die Treppen." Dann legte er auf.

Ich verließ das Therapiezimmer und ging zu Benjamin.

Mir war übel.

Das Handy hatte ich immer noch in der Hand. Auf dem Display war noch zu erkennen, wie lange ich mit

Herrn Benjes gesprochen hatte: 45 Sekunden. Eine knappe Minute, die eine schreckliche Erinnerung wachrief.

In meinem Magen drehte sich alles. Ich stützte mich auf den Küchenblock. Draußen klirrten die Muschelketten im Wind. Die Ketten waren von Paula. Sie lebte von deren Verkauf. Sie sammelte Materialien, die die Elbe anschwemmte, und gestaltete aus ihnen Windspiele.

„Was ist passiert?" Benjamin schaute mich fragend an.

„Mona ist nicht nach Hause gekommen."

„Oh." Benjamin hörte auf, in dem Topf vor sich zu rühren. „Ist sie sonst zuverlässig?"

„Absolut. Mona würde nie etwas machen, das ihrem Vater Sorgen bereitet."

Ich dachte an das Mädchen mit den hellblonden Haaren. Sie waren fast weiß, auffällig weiß. Ich hatte sie nur einmal mit offenen Haaren gesehen. Das war noch vor dem Tod ihrer Mutter. Unten am Strand. Seit dem Tod trug sie die Haare streng zusammengebunden. So streng, wie sie auch mit sich selbst war. Sie ließ keine Trauer zu, keine Emotionen, weinte nicht um ihre Mutter, sondern widmete sich dem, was sie sich zur Aufgabe gemacht hatte. Und das war zur Schule zu gehen, niemandem zur Last zu fallen und ihrem Vater keinen Kummer zu machen, damit dieser trauern konnte. Sie war für ihn stark. Sie hatten die Rollen getauscht. Und das war der Grund, warum Mona zur Therapie kam.

„Sie hat heute geweint." Ich schaute Benjamin an. Es kam mir wie ein Geständnis vor. „Nur kurz."

Er blickte auf. Dann schloss er die Fenster. Das Klirren der Muschelketten verstummte fast. „Können wir diese Ketten nicht wieder abhängen?“ Er sah mich genervt an. „Dieses Gebimmel ist unerträglich.“

„Paula hat sie mir geschenkt.“

„Ach, diese Paula schon wieder.“ Er sagte das in einem Ton, der mich aufhorchen ließ. „Wie lange kennst du diese Paula eigentlich schon?“

Wieso wechselte er so plötzlich das Thema?

Ich hatte Paula erst vor ein paar Wochen kennengelernt. Sie war neu in die Gegend gezogen. Ich hatte sie oben im Wald getroffen. Ich war spazieren gewesen, und sie kam vom Strand, wo sie Muscheln und kleine vom Wasser geschliffene Holzstücke gesammelt hatte. Sie hatte mich angesprochen. Ich mochte sie. Sie kannte hier niemanden und suchte Anschluss. Und wir verstanden uns auf Anhieb gut. Sie konnte zuhören und Ratschläge geben, und sie hatte mehr Zeit als andere Freundinnen. Häufig kam sie vorbei, und wir saßen zusammen und tranken Kaffee. Manchmal blieb sie auch und bastelte an ihren Ketten, wenn ich eine Sitzung hatte, und dann sprachen wir danach über den einen oder anderen Fall. Das tat gut, und ihre Meinung war mir wichtig.

„Was hast du eigentlich gegen Paula?“ Ich blickte ihn an. Es war nicht so, dass Freundinnen von mir hier ständig ein- und ausgingen. Die meisten wohnten weiter weg und hatten Familie, so dass wenig Zeit für gemeinsame Treffen blieb.

„Ich wundere mich nur …“ Er blickte mich ernst an. „Ständig höre ich von ihr, aber gesehen habe ich sie noch nicht.“

Ich überlegte. Hatte Benjamin sie wirklich noch nie getroffen? Ich war mir ziemlich sicher, dass sie schon einmal dagewesen war, als er von der Arbeit kam. „Ich dachte, ihr wärt euch schon längst begegnet.“

„Nein, das sind wir nicht.“ Und dabei schaute er mich mit einem seltsamen Blick an.

Ich war mir nicht sicher. Aber vielleicht hatte Benjamin das auch nur vergessen. „Ich frage sie. Dann kommt sie bestimmt einmal zum Abendessen.“

„Und hat sie Familie?“

„Nein, soweit ich weiß nicht.“

„Und was macht sie beruflich?“ Er schien sich immer noch nicht mit meinen Antworten zufriedenzugeben.

„Sie stellt diese Muschelketten her, die du so schrecklich findest.“ Es ärgerte mich, dass er so kritisch mit Paula war. „Sie verkauft sie in kleinen Läden unten an der Elbe, an Touristen und so …“

„In welchen Läden?“ unterbrach er mich.

„Benjamin!“ Jetzt wurde ich allmählich sauer. „Was soll das, diese ganze Fragerei? Das habe ich sie nicht genau gefragt.“

„Dann tu das mal.“ Der Ton seiner Stimme irritierte mich.

„Warum sollte ich?“

Mein Handy klingelte erneut. Es war noch einmal Herr Benjes. Er erzählte, dass er die Polizei benachrichtigt habe, dass Mona verschwunden war. Nur falls sie sich bei mir melden würde. Er tat mir leid. Nach dem Tod seiner Frau hatte er sich so bemüht, dass alles seinen gewohnten Gang ging, er Mona einen normalen Alltag bieten konnte. Immer wieder hatte er organisieren und Termine schieben müssen, seinen Job vernachlässigt und umstrukturiert, um für seine Tochter da zu sein. Und nun das.

Ich setzte mich auf ein Kissen, das auf der Fensterbank lag. Die Fenster des Hauses waren schmal und tief und hatten eine so breite Fensterbank, dass man in ihnen sitzen konnte. Ich mochte diesen Platz. Morgens schien die Sonne durch das schmale Fenster, und oft saß ich hier noch, bevor die ersten Sitzungen begannen. Man konnte von hier auf die kleine Straße vor dem Haus blicken.

Heute waren die Straßen leer, kaum ein Auto fuhr. Der Wind rollte eine Plastikflasche den Asphalt hinauf. Sobald er kurz nachließ, rollte sie die Straße wieder hinab. Sie änderte immer wieder unvorhersehbar die Richtung, als könne sie sich nicht entscheiden. Der Hund von dem Garten links unten trottete der Flasche langsam hinterher und beobachtete ihre Bewegungen. Er schien zu wissen, dass sie immer wieder zurückrollen würde, so langsam lief er. Der Himmel sah immer noch dunkel aus.

Irgendwie konnte ich nicht glauben, dass Mona wirklich verschwunden war. Das Mädchen war seit dem Tod ihrer Mutter so verantwortungsbewusst, so erwachsen. Sie würde niemals etwas Unvorsichtiges tun, einen anderen Weg nehmen oder mit jemandem mitgehen, den sie nicht kannte. Das passte nicht zu ihr.

Aber was war passiert?

Als sie hier das Haus verlassen hatte, war sie die Straße hinauf gelaufen.

Oder?

Ich war mir nicht mehr sicher. Vielleicht war sie doch zu einer Freundin gegangen, die der Vater nicht angerufen hatte. Und dann hatte sie die Zeit beim Spielen vergessen.

Hoffentlich.

Nach dem Abendessen erledigte ich die restliche Schreibarbeit vom Tag, ergänzte Patientenberichte, heftete Überweisungen ab und schrieb Rechnungen. So verliefen die Abende unter der Woche meistens. Benjamin saß im Wohnzimmer und sah fern. Oft war er auch unterwegs, traf sich mit Freunden, ging zum Sport oder zur Jagd. Eigentlich waren wir beide Einzelgänger, die sich entschieden hatten, das Leben dann doch gemeinsam zu verbringen. Manchmal fragte ich mich warum, wenn wir doch so viel Zeit alleine brauchten. Im Alltag waren wir gut, respektierten und schätzten unsere reibungslos nebeneinanderherlaufenden Leben, verließen uns aufeinander. Schwieriger wurde es am Wochenende oder in Urlauben, wenn plötzlich nicht mehr alles so organisiert und geplant lief.

Ich schaute durch die geöffnete Tür ins Wohnzimmer. Benjamin musste den Fernseher ausgeschaltet haben, um etwas zu lesen.

Manchmal war ich so vertieft in meinen eigenen Tagesablauf, dass ich mich richtig erschrak, wenn Benjamin abends nach Hause kam und plötzlich da war, meine Zeit und meinen Tag durchbrach. Es gab Momente, da musste ich mich wie neu daran gewöhnen, dass ich mein Leben mit einem Menschen teilte. Ich wusste, dass es ihm genauso ging. Wir lachten häufig darüber.

Sein Essen war sehr gut gewesen, mit frischen Kräutern aus dem kleinen Garten hinter dem Haus und diesem Olivenöl, das ihm ein Geschäftskollege aus Italien mitgebracht hatte. Dennoch hatte es uns beiden nicht wirklich geschmeckt. Wir hatten viel weniger als sonst gesprochen. Monas Verschwinden machte mir Sorgen. Und es hatte mich verletzt, dass er so kritisch gegenüber Paula gewesen war. Ich nahm ihm das übel. Und er verstand wahrscheinlich nicht, dass ich so abweisend reagierte. Ich hatte gesehen, wie er mich verstohlen von der Seite angesehen hatte. Was hatte er nur gegen Paula?

Es wurde immer dunkler draußen. Von dem Hund und der tanzenden Plastikflasche war nichts mehr zu sehen. Ich setzte mich an den Schreibtisch. Von hier aus konnte man in den hinteren Teil des Gartens blicken. Dort stand ein winziges Gartenhaus und das kleine Kräuter- und Gemüsebeet, das Benjamin angelegt hatte. Hinter dem Gartenhäuschen begann das Grundstück des Nachbarn. Er hatte fünf hohe Pappeln an der Grenze seines Grundstückes stehen, die dicht mit Efeu umrankt waren. In der Dämmerung sahen sie aus wie warnende, schwarze Zeigefinger, die in den Himmel ragten.

Ich schaltete das Aufnahmegerät ein und machte mir Notizen zu den Therapiesitzungen des Tages, verzeichnete Entwicklungen und schrieb mir Fragen für die nächsten Sitzungen auf. Meistens hatte ich vier Sitzungen pro Tag, die eine Stunde dauerten.

Da war heute die siebenjährige Lena gewesen, die nicht sprechen wollte. Sie hatte sprechen gelernt und ihre Sprache bis zu ihrem vierten Lebensjahr völlig normal entwickelt, aber nach der Trennung der Eltern hatte sie immer weniger gesprochen und schließlich ganz aufgehört. Alle hatten angenommen, dass es sich um einen stillen Protest handeln würde, der sich nach einiger Zeit geben würde. Aber bis heute hatte er das nicht.

Ich hatte zunächst versucht, ihr das Sprechen ganz neu beizubringen. Aber es stellte sich schnell heraus, dass sie sprechen konnte, wenn auch auf dem Stand einer Drei- oder Vierjährigen, dass sie aber einfach nicht sprechen wollte.

Lena kam schon seit über einem Jahr, und inzwischen gab es Situationen, in denen sie wieder sprach. Das waren die Momente, in denen sie die Welt um sich vergaß und mit ihren Puppen spielte oder in eine Geschichte vertieft war. Kognitiv war sie hinter den Mädchen in ihrem Alter zurück, was, so vermutete ich, zum größten Teil daran lag, dass sie seit zwei Jahren nicht mit Gleichaltrigen gesprochen hatte.

Doch sobald Lena in eine Situation kam, in der der Druck stieg, sei es nur die Tatsache, dass sie etwas essen sollte, was sie nicht wollte, dass sie irgendwo hingehen sollte, wohin sie nicht wollte, sei es, dass sie etwas sagen sollte, was nicht zufällig beim Spielen aus ihrem Mund rutschte, sagte sie nichts. Gar nichts. Und je mehr man mit ihr redete und sie aufmunterte, zu sprechen, desto weniger sprach sie.

Dann war da noch Jonas gewesen. Er kam immer in seiner Schulmittagspause. Jonas war sechzehn und hatte – so sagte er auch selber – einen Hang zur Melancholie. Er trug immer dunkle Kleidung, schnitt sich die Haare asymmetrisch und färbte sie jeden Monat in einer anderen Farbe. Er war der Ansicht, dass die Menschen um ihn herum egoistisch und arrogant seien. Er selber konnte seinen Platz in einer solchen Gesellschaft nicht finden und fühlte sich ausgeschlossen.

Inzwischen ging es auch ihm besser. Er hatte zwar seine Meinung zu den Menschen um sich herum nicht geändert, konnte aber besser mit ihnen umgehen.

Jonas war adoptiert, er hatte das immer gewusst und immer Schwierigkeiten gehabt, sich einzufinden, da er nicht ursprünglich von hier war und auch keinerlei Informationen darüber hatte, woher er wirklich kam. Er wusste nur, dass er anders war, und lebte das auch. Das machte es oft sehr schwer für ihn. Ich war mir trotzdem sicher, dass Jonas seinen Weg gehen würde. Er war ein kluger Junge, der einfach ein bisschen mehr Zuwendung brauchte. Seine Adoptiveltern waren sehr viel älter und hatten ihren pubertierenden Sohn nicht mehr verstanden, als er ihnen erzählte, dass er anders war. Jonas kam einmal die Woche, seit zweieinhalb Jahren.

Und dann war da noch Maximilian gewesen. Ein brillanter kleiner Kopf, der nur Einsen in der Schule schrieb, reflektiert und seinem Alter weit voraus war, der allerdings an Prüfungsangst litt. Es war keine starke Prüfungsangst, mehr eine schwache Phobie, die mit ein paar einfachen Meditationsübungen in den Griff zu kriegen war. Maximilian war der Meinung, dass er diese Sitzung vor wichtigen Arbeiten brauchte, und somit zahlten seine Eltern die Therapie. Maximilian ging in die achte Klasse und wusste, dass seine Ansichten übertrieben für einen Dreizehnjährigen waren, aber das war ihm egal, so sagte er. Ich mochte die Sitzungen mit ihm sehr, da er meistens erzählte, was er alles gelernt hatte und welche Note er in der letzten Arbeit bekommen hatte. Es war immer eine Eins.

Ich hörte mir die Verläufe der Sitzungen noch einmal an, versah die Dateien mit einem Datum und legte sie im Computer in den jeweiligen Ordnern ab.

Als ich die Aufnahme von Monas Sitzung startete, blickte ich aus dem Fenster. Die Pappeln waren noch schemenhaft vor dem dunklen Himmel zu erkennen. Wo war Mona bloß?

Es war unheimlich, ihre Stimme zu hören, wenn man wusste, dass sie gerade gesucht wurde. Hoffentlich hatte ihr Vater sie inzwischen gefunden!

Ihre Stimme klang klar und hell. Ich war immer wieder erstaunt, wie gewählt sie sich für ihr Alter ausdrücken konnte.

Ich setzte mich in einen der zwei großen Sessel, die vor dem Fenster des Raumes standen. Mona hatte noch vor ein paar Stunden in dem anderen Sessel gesessen. Auf dem Polster lag noch ihre Spieluhr. Sie bestand aus einer kleinen blauen Holzkiste, auf der eine Prinzessin in einem rosa Kleid stand, die man aufziehen konnte und die sich dann im Kreis drehte. Mona fand, dass sie zu alt dafür sei, aber ihre Mutter hatte sie ihr geschenkt, und sie erinnerte sie an ihre gemeinsame Zeit. Mona hatte sie irgendwann einmal mitgebracht und zog sie immer mal wieder in den Sitzungen auf. Sie spielte *Happy birthday*. Ich stellte die Spieluhr zurück in ein Regal, in dem einige Stofftiere saßen. Dann legte ich das Notebook auf meinen Schoß und machte mir Notizen zu Monas Antworten und Aussagen. Ich hörte mir den Verlauf der Sitzung genau an.

Ich schloss die Augen und versuchte mir Mona vorzustellen, wie sie an diesem Nachmittag neben mir gesessen hatte. Sie hatte eine Jeans und einen Sportpullover angehabt. Mona trug niemals Kleider. Sie sagte, das sei etwas für Mädchen. Aber ein Mädchen sei sie nicht mehr. Ich wusste, was sie damit meinte. Ihre Kindheit hatte aufgehört, als ihre Mutter gestorben war.

Mir war klar, warum mich Monas Schicksal so berührte. Seit Wochen kreisten meine Gedanken um dieses Mädchen. Seitdem ich als Kindertherapeutin arbeitete, hatte mich kein Fall so bewegt wie der von Mona. Was zum einen natürlich an der Schwere des Falls lag, aber zum anderen auch daran, dass Monas Geschichte mich an meine eigene erinnerte. Wir hatten beide einen Menschen verloren. Sie ihre Mutter und ich meine Schwester.

Plötzlich wurde Monas Stimme auf der Aufnahme lauter. Sie war aufgestanden und in die Nähe des Aufnahmegerätes gekommen. Sie hatte eine Zeichnung aus ihrer Schultasche geholt. Es war eine Zeichnung aus dem Kunstunterricht. Die Kinder hatten ihren letzten Geburtstag zeichnen sollen. Sie hatte nur sich und ihren Vater gezeichnet. Mit einer sehr klaren und deutlichen Stimme hatte sie ergänzt, dass ihr Kunstlehrer diese Zeichnung nicht von ihr verlangt hatte. Sie hätte auch etwas anderes zeichnen dürfen, sagte sie, aber sie habe das so zeichnen wollen. Und ihre Mutter hätte sie auch nicht in den Himmel gezeichnet. Dafür sei sie ebenso zu alt.

Und dann hatte sie kurz geweint.

Es war ganz plötzlich gekommen und kaum auf der Aufnahme zu hören. Nur ganz kurz stockte ihre Stimme, und dann schluchzte sie. Aber es war ein so ungewohnter Laut von ihr, dass ich mich noch einmal genauso erschreckte, als ich ihr Weinen nun zum zweiten Mal hörte. Es war ein helles, schrilles Schluchzen, von weit her.

Ich hörte meine Stimme, wie ich sagte, dass es in Ordnung sei, dass sie weinen würde. Das war der erste Moment seit Wochen, in dem Mona eine emotionale Regung gezeigt hatte.

Gleich darauf hatte sie sich wieder gefangen, und ihre Stimme klang wieder so ernst und sicher, wie ich es von ihr gewohnt war. Sie erzählte von der Schule und bei welcher Familie sie nachmittags gegessen hatte. Ihr Vater arbeitete bis abends, und so hatten sich einige Mütter aus ihrer Klasse dazu bereit erklärt, dass Mona bei ihnen essen konnte. Ich schluckte. Wie erwachsen und reflektiert sie sprach.

Ich stoppte die Aufnahme. Ich dachte daran, wie es gewesen war, als meine Schwester damals starb.

Ich war jünger als Mona gewesen. Ich konnte mich noch genau daran erinnern, wie es passiert war, wie es zu dem Unfall gekommen war. Aber wie die Zeit danach gewesen war und wie ich mich gefühlt hatte, daran konnte ich mich kaum noch erinnern.

Meine Schwester und ich waren hier im Treppenviertel groß geworden. Sie war zwei Jahre jünger als ich und schon immer irgendwie mutiger und lebendiger gewesen. Vielleicht weil sie eine große Schwester gehabt hatte, die immer auf sie aufgepasst und sie vor vielen Missgeschicken oder schlechten Erfahrungen bewahrt hatte.

Wir waren an den Strand gelaufen, hatten dort gespielt und Treibgut gesammelt. Damals war ich gerne unten an der Elbe gewesen. Meine Schwester war vor mir auf eine aufgeschüttete Steinmole geklettert, die bei Niedrigwasser aus der Elbe geschaut hatte. Das Haus meiner Eltern konnten wir sehen. Es lag hinter uns. Vielleicht zehn Minuten zu Fuß. Die Möwen hatten laut schreiend über uns gekreist und sich immer wieder ins Wasser gestürzt. Meine Schwester hatte einen kleinen Kescher in der einen Hand gehabt.

Und dann war alles ganz schnell gegangen.

Sie musste auf den nassen Steinen ausgerutscht sein und mit dem Kopf auf eine der herausragenden Steinspitzen gefallen sein. Ich war höchstens zwanzig Meter entfernt. Ich sah, wie ihr kleiner Körper einfach abrutschte und in die Elbe glitt. Sie hatte nicht einmal einen Laut von sich gegeben. Hätte ich nicht zufällig in dem Moment zu ihr geschaut, dann hätte ich sie nicht einmal mehr fallen sehen.

Am Ende der Mole muss die Strömung so stark gewesen sein, dass sie sofort weggetrieben wurde. Ein paar Sekunden hatte ich noch ihr weißes T-Shirt gesehen. Aber als ich schreiend und weinend an der Stelle ankam, wo sie ins Wasser gefallen war, war sie nicht mehr zu sehen.

Elf Tage später barg man sie am Ufer ein wenig flussabwärts, nicht weit von der Mole entfernt.

So klar ich es immer noch vor mir sah, wie sie im Wasser verschwand, so unklar waren die Wochen und Monate danach. Ich wusste, dass ich lange Zeit in Therapie gewesen war. Und ich wusste aus Erzählungen, dass auch ich – wie Mona – nicht hatte trauern können. Ich hatte hingenommen, dass meine Schwester fort war, ohne die Trauer zuzulassen. Und wäre Pippa nicht gewesen, ich hätte den Tod meiner Schwester wohl nie überwunden.

Das Aufnahmegerät piepte. Ich zuckte zusammen. Inzwischen war es vollkommen dunkel geworden. Ich schaltete eine kleine Lampe rechts von mir an.

Dann startete ich die Aufnahme wieder. Es war nun zu hören, dass Mona kurz berichtete, was sie die Woche noch vorhatte. Das machte sie immer zum Schluss der Sitzungen.

Hatte ich etwas übersehen?

Nein, ich war mir sicher. Ihr Verschwinden hatte sich in keiner ihrer Aussagen angedeutet. Sie hatte nichts Ungewöhnliches erzählt, nichts über eine Begegnung, einen neuen Freund oder etwas darüber, was sie im Anschluss an die Therapiestunde machen wollte. Und obwohl sie kurz die Fassung verloren hatte, hatte sie sich schnell wieder gefangen und war zum Ende wie immer gewesen: gefasst, ernst, nüchtern.

Die Stimmen auf der Aufnahme entfernten sich, verstummten aber nicht. Ich konnte Monas Stimme erkennen und eine zweite Stimme. Wahrscheinlich standen wir im Flur vor dem Therapiezimmer.

Und dann fiel es mir wieder ein.

Paula war da gewesen!

Ich war noch kurz an den Computer gegangen und hatte nach einem Schreiben gesucht, das Monas Vater bekommen sollte. Mona hatte im Flur ihre Schuhe angezogen. Und sich mit Paula unterhalten.

Über was hatten die beiden gesprochen? Es fiel mir nicht ein. Und die Stimmen waren zu weit weg, um noch etwas verstehen zu können.

Vielleicht wusste Paula etwas über Mona? Vielleicht hatte Mona ihr etwas erzählt?

Ich griff nach meinem Handy und rief sie an. Ich ließ lange klingeln.

Sie ging nicht ran.

Wo war sie nur?

Paula war bei Mona gewesen, als sie ihre Schuhe angezogen hatte. Ich war mir ganz sicher! Ich war aus dem Therapiezimmer hinzugekommen. Mona hatte mir die Hand gegeben und sich dann verabschiedet. Paula war kurze Zeit darauf auch gegangen. Bestimmt wusste sie etwas! Ich versuchte noch einmal, sie zu erreichen.

Nichts.

Ich ging ins Wohnzimmer. Als ich an der Haustür vorbeikam, hörte ich die Muschelketten im Wind klirren. Vor der Haustür konnte ich meine gelben Gummistiefel sehen, sie standen neben der Fußmatte. Sie waren nass und sandig. Ich stutzte. Ich war doch heute gar nicht draußen gewesen …

„Warst du mit meinen Gummistiefeln los?“ fragte ich Benjamin. Ich öffnete die Haustür und hielt einen Stiefel hoch.

„Nein, warum sollte ich?“ Er blickte mich an. „Die passen mir doch gar nicht.“

„Komisch ...“ Ich nahm die Stiefel mit hinein, wusch sie in der Küchenspule ab, stellte sie zurück und setzte mich zu Benjamin aufs Sofa.

2

Am nächsten Morgen wusste bereits das ganze Dorf[1], dass Mona verschwunden war. Elke von nebenan klingelte schon vor neun bei uns und fragte, ob Mona das Mädchen mit den blonden Haaren von oben aus dem Dorf sei. Hinter ihr stand der schwarze Hund und hechelte. Ich bestätigte ihr das. Das ungute Gefühl in meinem Magen war zurück.

Mona war immer noch verschwunden.

Sie war nicht noch nachts nach Hause zurückgekehrt. Sie hatte sich nicht verlaufen. Oder die Zeit beim Spielen vergessen.

Es war ihr etwas zugestoßen. Und zwar nachdem sie bei mir gewesen war. Unmittelbar im Anschluss. Mitten am Tag.

Jemand musste doch etwas gesehen haben! Das Dorf war klein und eng und voller Menschen. Die Welt war hier noch in Ordnung. Hier verschwand doch keiner!

Elke hatte sie nicht gesehen und die Damen beim Bäcker auch nicht. Das hatten sie Elke erzählt. Der Bäcker lag auf dem Weg von hier zu Monas Zuhause. Kein gutes Zeichen. Die Damen vom Bäcker sahen sonst alles.

Ich setzte mich auf die Bank vor das Wohnzimmer und blickte in die tanzenden Fingerhüte. Die untersten Blüten der Rispen begannen bereits zu verwelken. Es hatte über Nacht geregnet, das Drohen der Wolken hatte nachgelassen, der Himmel riss auf. Mir kam das helle

---

[1] So nennen die Bewohner von Blankenese ihren Stadtteil.

Blau, das an einigen Stellen durch die weißgraue Decke blitzte, unverschämt vor. Es passte nicht zu Monas Verschwinden.

Ich hatte die erste Sitzung erst um zwölf Uhr. Und das Gefühl, dass ich vorher nicht in der Lage sein würde, an irgendetwas anderes zu denken als an Mona. Benjamin musste ahnen, was in mir vorging. Er hatte mir einen Kaffee und die Zeitung ans Bett gebracht, was er sonst nicht tat. Er war früh zur Arbeit gefahren. Vielleicht hatte er aber auch nur ein schlechtes Gewissen wegen seiner Kritik an Paula gestern.

Die hatte ich immer noch nicht erreicht. Wo war sie nur?

Um elf Uhr klingelte die Polizei bei mir.

„Sind Sie Frau Dr. Clara Grimaldi?" Der Mann, der mir die Hand reichte, war kleiner als ich. Er hatte eine Jeansjacke an und sah sportlich aus.

„Ja, bin ich." Das Gefühl in meinem Magen wurde schlimmer.

„Mein Name ist Baumgartner. Ich ermittle in dem Fall Benjes." Er zeigte auf die beiden Polizeibeamten, die hinter ihm standen. „Die beiden Herren kennen Sie wahrscheinlich, oder?"

Ich nickte. Die beiden arbeiteten schon Ewigkeiten auf der örtlichen Polizeidienststelle. Viel zu tun hatten sie nie. So viel geschah hier nicht. Und wenn, dann waren es Einbrüche. Und da kamen sie meistens erst, nachdem die passiert waren. Ich war mir sogar sicher, dass ich mit einem der beiden auf eine Schule gegangen war.

Sie nickten auch, sagten aber nichts.

„Könnte ich kurz mit Ihnen sprechen, Frau Grimaldi?"

„Ja, natürlich."

Herr Baumgartner trat in den Wohnraum meines Hauses. Die beiden Kollegen blieben draußen. Einer zündete sich eine Zigarette an. Ich konnte durch die geschlossene Haustür sehen, dass sie sich unterhielten.

Herr Baumgartner blickte sich um. Er musterte das Haus. „Schön haben Sie es hier."

„Danke", murmelte ich, „ich habe das Haus von meinem Onkel geerbt. Wir haben Jahre gebraucht, um es zu renovieren."

„Das glaube ich sofort." Dann legte er eine Hand auf den Küchenblock „Frau Grimaldi, Mona Benjes war gestern bei Ihnen in Therapie?"

„Ja, das stimmt. Von 15 bis 16 Uhr. Wie jeden Mittwoch."

„Sie sind Psychotherapeutin?"

„Ja, und Sprachtherapeutin." Ich versuchte mich zu beruhigen. Warum war ich so nervös? „Ich arbeite ausschließlich mit Kindern und Jugendlichen. Seit Jahren schon."

„Hat Mona gestern irgendetwas erwähnt, wo sie hin wollte, oder ist Ihnen sonst irgendetwas Ungewöhnliches aufgefallen?"

„Nein." Ich schüttelte den Kopf. „Das habe ich auch schon Herrn Benjes gesagt."

Von Paula erzählte ich erst einmal nichts.

„Er sagte mir, dass Sie immer eine Aufnahme von den Sitzungen machen."

„Ja, das ist richtig."

„Könnten Sie mir die zukommen lassen?“ Er gab mir seine Karte. „Hier ist auch eine E-Mailadresse, dorthin können Sie die Aufnahme schicken.“

Ich nickte.

„In was für einem Verhältnis stehen Sie zu Mona?“ Es war sicherlich keine ungewöhnliche Frage für einen Polizisten, aber sie erschreckte mich dennoch.

„Ich … Wir hatten ein ganz normales, gutes Verhältnis, wie eben zwischen einem Therapeuten und seinem Patienten.“ Herr Baumgartner blickte mich an. Ihm schien das nicht zu reichen. „Ich mochte Mona, ich wollte ihr helfen …“

„Haben Sie mütterliche Gefühle für Mona?“

„Nein.“ Die Antwort kam spontan, aber sie war ehrlich. Ich fühlte nicht wie eine Mutter gegenüber Mona. Ich fühlte mit ihr. Weil auch sie einen Menschen verloren hatte. Aber das sagte ich Herrn Baumgartner nicht.

„Haben Sie eigene Kinder, Frau Grimaldi?“

„Nein, noch nicht.“ Ich stockte kurz. „So weit sind wir noch nicht.“

Er nickte. In dem Moment klingelte sein Telefon. Herr Baumgartner ging ein paar Schritte beiseite. Er stand vor den großen Glastüren, die auf die kleine Terrasse vor dem Wohnzimmer führten, als er das Gespräch annahm. Er sagte nur, dass er gleich da sei.

„Jemand hat Mona gestern Abend zusammen mit einer Person am Strand gesehen.“

„Oh.“ Ich wusste nicht, ob ich erleichtert sein sollte oder nicht. „Das heißt, dass Sie sie bald finden werden?“

„Das heißt, dass es eine Person gibt, die mehr weiß als wir alle. Die müssen wir jetzt finden." Er gab mir die Hand und ging. Ich sah die drei Männer, wie sie die schmalen Treppen vor dem Haus nach unten liefen. Der schwarze Hund saß auf der anderen Straßenseite und blickte ihnen hinterher.

Am Nachmittag rief Paula zurück. Ich hatte gerade die dritte und letzte Sitzung für diesen Tag beendet, da sah ich ihre Nummer auf dem Display. Ich hatte mich kaum konzentrieren können. Ich konnte an nichts anderes als an Mona denken.

Es tat gut, Paulas Stimme zu hören. Sie hatte natürlich auch schon von Monas Verschwinden erfahren. Wir verabredeten uns zu einem Spaziergang im nahegelegenen Waldstück. Am Strand wollte Paula nicht laufen. Da sei alles voller Polizisten, erzählte sie.

Paula war noch nicht da, als ich ankam. Wir trafen uns immer unter einem großen Ahornbaum, der inmitten des Waldstücks lag. Groß war das Gebiet nicht, aber es hatte einen wunderschönen alten Baumbestand und viele kleine Wege, die man laufen konnte. Man konnte hier völlig vergessen, dass man in der Nähe einer großen Stadt war.

Ich fuhr mit der Hand über die Rinde des großen Baumes. Sie fühlte sich rau, aber nicht fremd an. Als Kind hatte ich mit der bloßen Hand und geschlossenen Augen anhand der Rinde die Art des Baumes bestimmen können. Meine Schwester hatte das auch gekonnt. Sie war fast noch ein bisschen besser als ich gewesen. Manchmal machte ich das auch heute noch, berührte einen Baum und schloss die Augen und riet, was es für einer war. Aber dann sah ich auch immer meine Schwester. Und das vermied ich.

Als ich die Augen wieder öffnete, war Paula da. Sie trug ein langes, buntes Kleid, das über den Boden schleifte, wenn sie sich bewegte. Ihre roten Haare hatte sie zu zwei wilden Zöpfen geflochten. Kleine orangene und grüne Perlen hatte sie auch mit eingebunden. Um ihren Hals trug sie mehrere Muschelketten, die bei jedem Schritt klimperten. Paula wirkte wie einem Märchen entsprungen. Das war vielleicht auch der Grund, warum ich sie so mochte. Sie war so anders, so lebendig, so ungewöhnlich und individuell wie es kaum jemand hier im Viertel war. Sie finanzierte ihre Leben mit ihrer eigenen Kreativität, mit dem, was ihre Hände schufen.

Vielleicht mochte sie Benjamin deshalb nicht. Weil sie so anders war. Alles, was anders war, machte den Menschen Angst.

Heute sah Paula ernster aus als sonst.

„Hallo Paula.“ Ich nahm sie kurz in den Arm.

„Hallo.“ Sie lächelte mich an. „Wie geht es dir?“

„Monas Verschwinden geht mir sehr nahe.“ Mir war dieses Mädchen und ihre Geschichte so sehr ans Herz gewachsen, und jetzt schien alles so, als ob ihr etwas zugstoßen war. Ich merkte, wie mir die Tränen in die Augen schossen.

„Sie erinnert dich an deine Schwester und an Pippa, oder?“

Ich nickte. Paula wusste, was mit meiner Schwester passiert war. Und sie war auch einer der wenigen Menschen, die wusste, was mit Pippa passiert war. Pippa hatte mir nach dem Tod meiner Schwester das Leben gerettet und es mit ihrem eigenen bezahlt. Mir war klar, dass ich das als erwachsener Mensch nicht mehr so formulieren sollte, aber mein Gefühl sprach es immer noch so aus.

Pippa war damals kurz nach dem Tod meiner Schwester zu ihren Großeltern hier ins Treppenviertel gezogen. Ihre Eltern waren geschäftlich unterwegs, und so verbrachte sie die Sommermonate hier. Seit dem Tod meiner Schwester hatte ich das Haus meiner Eltern kaum verlassen, aber Pippa brachte mich dazu, es zu tun. Wir mochten uns sofort und waren unzertrennlich. Sie war ein bisschen wie meine Schwester, auch mutig und vor allem so selbstsicher, ein trauriges Mädchen aus einem fremden Garten zu locken und mir so meine Kindheit zurückzugeben.

Wir waren den ganzen Sommer durch die Wälder und Felder gelaufen und hatten gespielt, gelacht und die warmen Tage genossen. Ich erinnere mich gerne an die Zeit mit Pippa, obwohl der Tod meiner Schwester erst wenige Wochen zuvor alles verändert hatte.

Doch so plötzlich Pippa in mein Leben getreten war, so plötzlich verschwand sie auch wieder.

Ihre Eltern waren zu einem Wochenendbesuch hier und hatten einen Segelausflug auf der Elbe gemacht. Keiner wusste genau, was damals passiert war, aber das Boot kenterte, und niemand aus der Familie kehrte zurück.

„Ich habe Angst, dass auch Mona ertrunken ist."

Paula nahm mich in den Arm. Ich war froh, dass ich es endlich ausgesprochen hatte. Nicht einmal vor Benjamin hatte ich mich getraut, das zu sagen. Vielleicht weil ich Angst hatte, dass es dann wahr werden würde. Aber das war es, was ich dachte.

Konnte Mona womöglich in der Elbe ertrunken sein? War sie eine Sekunde unvorsichtig gewesen?

Mir kamen schon wieder die Tränen.

„Paula, du hast doch noch mit Mona gesprochen gestern, kurz bevor sie bei mir los ist … Ist dir etwas aufgefallen? Hat Mona irgendetwas gesagt?"

„Wir haben nur so über dies und das gesprochen. Nichts Besonderes." Paula zögerte und stützte die Arme in die Hüfte. „Ich glaube, sie hat etwas aus der Schule erzählt."

„Ich muss der Polizei die Aufnahme von der Sitzung schicken." Ich sah Paula an. „Man hört am Ende, wie du und Mona sprechen. Vielleicht melden die sich dann bei dir."

„Ich habe nichts zu verbergen", sagte Paula und drehte sich um sich selbst. Dabei klimperten ihre Muschelketten, und an dem Saum ihres Kleides blieb das Laub hängen.

Als ich den Weg nach Hause zurückging, fiel mir wieder dieser unangenehme Geruch auf. Was war das bloß? Und warum tauchte dieser Geruch immer nur kurz auf und verschwand dann wieder?

Als ich nach Hause kam, war Benjamin nicht da. Das war ungewöhnlich. Normalerweise kam er spätestens um 19 Uhr nach Hause. Ich versuchte ihn zu erreichen, doch vergeblich.

Vielleicht hatte ich ein Abendessen mit einem Kunden vergessen?

Dann rief ich Herrn Benjes an. Womöglich gab es Neuigkeiten.

„Nein, mein Mädchen ist nicht hier." Ich hörte, dass er geweint hatte. Seine Stimme klang leise.

„Es tut mir so leid. Was sagt die Polizei?"

„Nichts Genaues." Er verstummte kurz. „Aber ein Gewaltverbrechen schließen sie nicht mehr aus. Mona ist jetzt über 24 Stunden weg."

„Oh Gott." Ich schluckte. „Aber dieser Herr Baumgartner hat gesagt, man habe sie am Strand mit jemandem gesehen."

„Ja, das stimmt, aber man weiß noch nicht, wer es war. Die Person hat Regenkleidung getragen, und der Mann von der Fähre hat sie nur kurz und von weitem gesehen. Ihm ist vor allem Mona aufgefallen. Sie sind Richtung Norden gelaufen."

Ich wusste, wovon er sprach. Das war auch die Richtung, in der ich damals mit meiner Schwester nach Treibgut und Muscheln gesucht hatte. Gerade vor den Molen gab es bei Niedrigwasser immer etwas zu finden.

„Und wenn sie sich irgendwo verlaufen hat?"

„Dann wird es langsam Zeit, dass wir sie finden." Er verstummte kurz. „Sie hatte ihre Schultasche dabei, vielleicht hat sie noch etwas zu trinken und zu essen übrig."

Es stimmte. Mona hatte ihre Schultasche dabei gehabt. Und sie aß und trank nie alles auf, was sie mitbekam. Wenn sie sich verlaufen hatte, dann würde es ihr vielleicht noch gut gehen.

„Es gibt ein Haus unten an der Elbe, das eine Überwachungskamera hat", ergänzte Herr Benjes. „Die Polizei war eben bei dem Besitzer und wertet die Bilder nun aus. Vielleicht ergeben die etwas."

„Bestimmt." Dann fragte ich ihn noch, ob ich die Aufnahme von der Therapiesitzung an die Polizei geben dürfte. Er stimmte zu und verabschiedete sich. Ich setzte mich an den Computer und schickte die Datei mit der Aufnahme an Herrn Baumgartner. Ich hoffte sehr, dass sich aus ihr weitere Informationen zum Verschwinden von Mona ergeben würden.

3

Am nächsten Morgen gab es immer noch keine Spur von Mona. Dafür war Benjamin wieder da. Spät und ohne Erklärung war er abends noch gekommen. Und auch morgens wieder früh verschwunden. Zu früh und auch ohne Erklärung.

Ich stand auf, als ich hörte, dass er die Haustür hinter sich schloss. Was war passiert? Warum war er gestern so lange unterwegs gewesen und heute schon so früh wieder losgefahren?

Hatte ihm unser Streit doch mehr zugesetzt, als ich angenommen hatte?

Gerade als ich den Computer hochgefahren hatte, um mich auf die erste Sitzung vorzubereiten, klingelte das Telefon. Es war Paula. Sie sagte, dass sie mit mir sprechen müsse, dieses aber nicht am Telefon ginge. Ihre Stimme klang besorgt.

Ich zog mir nur schnell meine blaue Windjacke über und machte mich auf den Weg.

Ich lief ein paar Treppen rechts von dem Haus hinunter, um dann eine lange Treppe wieder hinaufzusteigen. Von dem Hund war heute nichts zu sehen. Als Kind hatte ich mich immer wieder hier verlaufen. Aber das passierte mir nicht mehr. Ich kannte das Viertel mit all seinen Abkürzungen, Treppen, Stiegen und geheimen Pforten.

„Geht es Ihnen gut?“ hörte ich plötzlich eine Stimme neben mir.

Es war eine der Damen von Bäcker. Ich wusste, dass sie hier wohnte. Mit Sicherheit hatte sie mir einmal ihren Namen gesagt. Den erinnerte ich allerdings jetzt nicht mehr. Sie schaute über die präzise geschnittene Hecke ihres Grundstückes, das etwas erhöht lag. Es war ein wunderschönes kleines Haus mit einem Reetdach und weißen Fensterrahmen. Ein Fahnenmast mit einer blauen Fahne mit einem Segelboot darauf stand vor dem Haus.

„Ja, wieso?“ Ich wusste nicht, auf was sie hinauswollte. Wahrscheinlich meinte sie die Sache mit Mona. Hatte sich das so weit herumgesprochen?

„Ich habe Sie gestern Abend gesehen. Sie haben geweint.“

„Ich weiß nicht, was Sie meinen.“

„Sie kamen aus dem Wald.“ Sie zeigte die Stufe hinauf. Dort lag der Wald, wo ich mich gestern mit Paula getroffen hatte. Und auf dessen Weg ich gerade war.

„Mir … ging es nicht gut.“ Hatte ich geweint, als ich aus dem Wald gekommen war? Daran konnte ich mich gar nicht erinnern. Wahrscheinlich hatte ich nur mitgenommen ausgesehen, und sie hatte es für Weinen gehalten. „Die Sache mit Mona Benjes.“

„Ja, schlimm.“ Die Frau nickte. Dann schnitt sie einen großen Ast mit der Heckenschere ab.

Paula stand schon unter dem Baum, als ich ankam. Ich war völlig außer Atem, weil ich die letzten Stufen gerannt war. Paula hatte das gleiche Kleid wie am Vortag an. Ich lächelte. Zu frieren schien Paula nie, wenn ich mich neben ihr in langer Windjacke und sie im leichten Leinenkleid betrachtete.

„Was ist?“ Ich blickte sie fragend an. „Was wolltest du mir so Wichtiges sagen, dass es nicht am Telefon ging?“

Sie schaute mich an. Und irgendwie auch nicht. Ihr Blick war heute seltsam verklärt.

„Gibt es etwas Neues von Mona?“ Vielleicht hatte sie etwas mitbekommen, was bei mir noch nicht angekommen war und wollte es mir schonend beibringen. Hatte man Mona gefunden?

„Nein, aber von deinem Mann.“

„Was?“

„Ich habe deinen Mann mit einer anderen Frau gesehen.“

„Wie bitte?“ Ich wusste nicht, was ich sagen sollte. „Wann?“ Mein Magen verkrampfte sich.

„Gestern Abend. Als ich hier aus dem Wald nach Hause gegangen bin, da habe ich sie gesehen. Es war eindeutig. Sie hatten sich im Arm ...“ Dann sagte Paula nichts mehr, sie sah mich nur noch an.

„Das kann ich nicht glauben.“ Ich starrte Paula an. Benjamin war nicht der Mann, der so etwas tat. Zumindest hatte ich das gedacht. „Bist du dir ganz sicher, dass er es war?“

„Ich bin mir zu hundert Prozent sicher, Clara. Ich weiß doch, wer dein Mann ist.“

Ich schluckte. „Und wer war die Frau?“

„Das konnte ich nicht genau erkennen. So nahe wollte ich dann auch nicht herangehen.“

„Wo hast du sie genau gesehen?“

„Oben bei den Terrassen." Ihre Stimme wurde leiser. „Sie haben dort gestanden und auf die Elbe gesehen. Sie schienen sehr vertraut."

„Warum bist du nicht hingegangen?"

„Clara, ich wollte erst mit dir sprechen."

Ich setzte mich auf einen Baumstumpf. Das durfte doch alles nicht wahr sein. Benjamin mit einer anderen Frau? Nein, das konnte nicht sein. Nicht Benjamin.

„Es tut mir leid, Clara, aber ich bin deine Freundin. Ich musste dir das sagen." Sie legte einen Arm auf meine Schulter. „Es sah nicht so aus, als ob sie sich das erste Mal getroffen haben."

4

Ich ließ kaltes Wasser über meine Hände laufen. Sie fühlten sich taub an. Ich spürte sie kaum noch.

Clara, dein Mann hat eine Affäre.

Ich hörte Paulas Worte in meinem Kopf, während ich auf den Wasserstrahl starrte. Sie hatte einfach ausgesprochen, was sie vermutete.

Stimmte es?

Warum hatte ich das nicht bemerkt?

Ich drehte den Wasserhahn zu und trocknete mir die Hände ab. Vor mir lag ein geöffnetes Kochbuch. Eine Seite mit einem asiatischen Gericht war aufgeschlagen. Wahrscheinlich wollte Benjamin dieses am Abend kochen. Ich klappte das Buch zu und blickte mich um.

Es musste Hinweise geben, wenn er eine Affäre hatte.

Benjamin hatte hier keinen Arbeitsplatz. Er nahm kaum etwas aus der Kanzlei mit nach Hause.

Wo sollte ich anfangen?

Ich schaute in die Taschen der Jacketts und Jacken, die an der Garderobe und in seinem Schrank oben im Schlafzimmer hingen. Bis auf ein paar Rechnungen über einen Lunch oder andere Einkäufe war dort nichts zu finden. An sein Handy würde ich schwer herankommen, das hatte er ja immer bei sich. Ich starrte auf den geöffneten Schrank vor mir. Er schien so gut wie keine Spuren zu hinterlassen.

Der Festnetzanschluss! Benjamin benutzte ihn manchmal am Abend, weil der Empfang mit dem Handy im Haus so schlecht war. Ich prüfte, ob alle Jacketts wieder so hingen wie vorher, schloss die Tür und ging hinunter in die Küche. Ich drückte die Wahlwiederholungstaste. Zehn Nummern wurden angezeigt. Acht kannte ich, zwei nicht. Zeitpunkt der zwei Anrufe war der gestrige Abend. 18:45 Uhr und 18:51 Uhr. Da hatte ich mich mit Paula getroffen. Als ich nach Hause gekommen war, war Benjamin nicht da gewesen. Ich hatte gedacht, dass er noch gar nicht zu Hause gewesen war. Das war er aber! Er hatte diese zwei Anrufe getätigt und war danach wieder gefahren.

Mein Magen verkrampfte sich.

Es waren beides Hamburger Telefonnummern. Ich drückte die Nummer, die Benjamin zuerst angerufen hatte. Es war eine Reinigung. Ich stutzte. Das war nicht die Reinigung, zu der ich immer unsere Bettwäsche und Benjamins Hemden brachte.

„Haben Sie etwas auf den Namen Grimaldi?"

„Tut mir leid", antwortete der Mann von der Reinigung. „Wir geben nur Pfandzettel raus, wir notieren keine Namen."

Darauf hätte ich auch selber kommen können.

„Wo sitzen Sie?"

„An der Osdorfer Landstraße."

„Wie lange haben Sie heute geöffnet?"

„Bis 19 Uhr."

„Danke." Ich legte auf. Dorthin hatte ich definitiv noch nie Kleidung gebracht.

Was hatte Benjamin dort abgegeben?

Ich wählte die zweite Nummer. Es schaltete sich der Anrufbeantworter einer Praxis ein. Einer Praxis für neurologische Psychiatrie und Psychotherapie. Ich schrieb mir den Namen auf und suchte im Internet danach. Es war eine kleine Praxis in exquisiter Lage an der Elbchaussee Richtung Innenstadt. Ich hatte noch nie etwas von ihr gehört. Und bestimmt niemals dort angerufen. Was konnte Benjamin dort gewollt haben?

„Vielleicht hat er eine Affäre mit einer der Ärztinnen.“ Paulas Stimme klang sehr bestimmt.

„Wo soll er die denn kennengelernt haben?“

„Wie man sich halt so kennenlernt, Clara.“ Paula stockte kurz. „Du bist echt naiv ...“ Dann fügte sie noch hinzu: „Vielleicht hat er sie auch in einem Fall vertreten.“

Ich schluckte. Das könnte natürlich sein. Es kam oft vor, dass die Kanzlei von Benjamin Arztpraxen vertrat. Die Kanzlei hatte sich auf Kunden aus dem medizinischen Bereich spezialisiert.

„Vielleicht gib es auch einen anderen Grund, dass Benjamin die Praxis aufgesucht hat.“ Ich überlegte. „Vielleicht geht es ihm nicht gut?“

„Das glaubst du doch selbst nicht.“ Paulas Stimme wurde lauter. „Männer gehen doch nicht freiwillig zu einem Psychiater. Nur dann, wenn sie eine Affäre mit ihnen haben.“

Ich stellte das Telefon zurück in die Ladestation. Gerade als ich den Kühlschrank öffnen wollte, um mir etwas zu trinken zu nehmen, sah ich einen Schatten vor dem Wohnzimmerfenster. Ich zuckte zusammen. Es stand dort jemand.

Ich konnte die Umrisse genau erkennen. Die Person musste mit dem Rücken zum Fenster stehen, da ich kein Gesicht ausmachen konnte.

Ich griff zum Handy und zog langsam die Nummer von Herrn Baumgartner aus der Tasche.

Wer war das?

Kaum dass ich die Nummer eingetippt hatte, drehte sich die Person um.

Es war Herr Benjes. Er winkte vorsichtig.

Ich legte das Handy hin und öffnete die Terrassentür. „Herr Benjes, Sie haben mich aber erschreckt!“ Ich blickte ihn an. Er sah müde aus. Wahrscheinlich hatte er seit dem Verschwinden von Mona nicht geschlafen.

„Ich wollte Sie nicht stören.“ Er klang traurig. „Ich habe gesehen, dass Sie telefoniert haben. Da habe ich einen Augenblick hier gewartet.“

„Ja, schon gut.“ Er tat mir leid. „Gibt es etwas Neues?“

„Nein, ja ... Nicht von Mona. Sie ist jetzt seit über 48 Stunden verschwunden. Die Polizei sagt, dass mit jeder Stunde die Chancen schlechter stehen ...“

Ich musste an meine Schwester denken. Auch uns hatte man das damals gesagt.

„Es gibt etwas, das Sie nicht wissen ...“ Herr Benjes blickte mich von der Seite an.

„Was denn?“

„Meine Frau ... Maja ...“

„Was ist mit ihr?“

„Sie ist keines natürlichen Todes gestorben.“

„Wie bitte?“ Ich verstand nicht gleich. Auch Mona hatte nie etwas anderes erzählt.

„Sie starb an einem Hirnschlag. Das stimmt. Und auch unten an der Elbe auf der Parkbank, wo man sie gefunden hat. Aber es wurde ihr eine Substanz zugefügt, die diesen hervorgerufen hat."

„Woher wissen Sie das?"

„Die Rechtsmedizin. Sie hat es bestätigt. Sie hatte eine Substanz im Blut … Ich weiß den Namen nicht mehr, irgendetwas Chemisches. Und das hat den Hirnschlag ausgelöst."

Ich schüttelte den Kopf. Ich konnte das nicht glauben.

„Man hat einen Einstich an ihrem Arm gefunden. Man hatte sie festgehalten. Sie hatte Blutergüsse an den Oberarmen. Man hatte ihr etwas gespritzt. Deswegen ist sie gestorben."

Ich starrte Herrn Benjes an. „Warum haben Sie niemand anderem davon erzählt?"

„Ich wollte Mona schützen." Er senkte den Kopf. „Und außerdem wollte die Polizei das nicht. Sie sagte, aus ermittlungstechnischen Gründen wäre es gut, wenn niemand wüsste, dass wir nicht von einem natürlichen Tod ausgingen." Er kratzte mit dem Fuß über den Holzboden der Terrasse. „Die Täter sollten sich in Sicherheit wiegen, hat die Polizei gesagt. Damit sie besser ermitteln können."

„Oh mein Gott."

„Herr Baumgartner kümmert sich auch schon um den Fall. Deswegen ging die Suche nach Mona auch so schnell los."

„Die Polizei vermutet einen Zusammenhang?"

„Ja, sie geht davon aus, dass es sich um den oder dieselben Täter handelt."

Dann drehte er sich abrupt weg. Er wollte nicht, dass ich ihn weinen sah.

5

Man hatte Monas Mutter umgebracht. Und nun war auch Mona verschwunden. Es musste einen Zusammenhang geben!

Die Straßenlaterne vor dem Haus war ausgefallen. Herr Benjes brauchte sehr lange, um die Gartenpforte zu öffnen und zu schließen. Er nickte mir noch einmal zum Abschied zu. Ich winkte kurz, obwohl mir die Geste in dem Moment unerträglich lächerlich vorkam.

Ich schaute auf die Uhr. Es war kurz nach sechs. Und schon fast dunkel.

Die Reinigung würde in knapp einer Stunde schließen. Gestern hatte Benjamin dort angerufen. Vielleicht wollte er nach der Arbeit dort vorbeifahren, um die abgegebenen Dinge abzuholen?

Ich schloss die Terrassentür, löschte das Licht und lief ein Stück die Straße hinab, wo mein Auto parkte. Die Osdorfer Landstraße war keine zehn Minuten entfernt. Die Reinigung lag im Hinterhof einer Weinhandlung. Es war ein altes Fabrikgelände, das man renoviert und saniert hatte. Ich mochte es, wenn man diese alten Mauern erhielt und ein modernes Innenleben anpasste. Ich parkte das Auto in einer Seitenstraße und lief in die Weinhandlung. Es war kurz vor halb sieben. Benjamin hatte noch eine halbe Stunde, um die Sachen abzuholen. Er musste sie erst vor kurzem abgegeben haben, sonst würde sein Anruf am Abend zuvor keinen Sinn haben.

Ich tat so, als ob ich mir Informationen zu unterschiedlichen Weinen durchlesen würde. Durch ein Fenster der Weinhandlung konnte ich in den Hinterhof sehen, an den die Reinigung anschloss. Es gab vier Parkplätze, von denen nur einer permanent besetzt war. Wenn Benjamin etwas abholen würde, dann würde er sicherlich hier parken.

Zwanzig Minuten passierte nichts. Der Weinhändler hatte mich schon zum dritten Mal gefragt, ob er mir helfen könne, und ich hatte sein Angebot zum dritten Mal freundlich abgelehnt. Und dann fuhr der schwarze Geländewagen von Benjamin auf den Parkplatz. Ich musste nicht einmal auf das Nummernschild gucken, um zu wissen, dass er es war.

Schon nach wenigen Minuten kam er wieder aus der Reinigung und ging zu seinem Auto.

Mir stockte der Atem.

Er hatte ein Kleidungsstück über dem Arm, das in durchsichtige Folie eingepackt war.

Es war meine gelbe Regenjacke.

6

Ich fuhr einen kleinen Umweg nach Hause, um nicht gleichzeitig mit Benjamin anzukommen. Sein Wagen parkte vor dem Haus. Er hatte Standlicht an, als ob er gleich wieder losfahren würde.

Er erschrak offensichtlich, als ich im Eingang der Pforte stand und ihn anblickte. Er verließ gerade das Haus.

„Hallo." Ich wusste nicht, was ich sagen sollte.

„Hallo." Er gab mir einen flüchtigen Kuss. „Ich muss noch einmal los."

„Okay." Wo wollte er hin?

„Ich muss noch schnell etwas einkaufen." Er hob eine Einkaufstasche, die er in der Hand hatte. „Ich wollte doch heute asiatisch kochen."

Er wirkte unsicher. Ich konnte spüren, dass er log.

„Gut, dann bis gleich."

„Bis gleich." Er stieg in den Wagen und fuhr davon.

Warum hatte er mich so komisch angeschaut? Ahnte er, dass ich etwas wusste?

Ich schloss die Haustür auf. Mir war schlecht.

Mein Mann log mich an. Vielleicht betrog er mich sogar.

An der Garderobe hing meine gelbe Regenjacke. Frisch gereinigt. Die Plastikfolie hatte er entfernt.

Was hatte er mit der Regenjacke gemacht? Warum hatte er sie reinigen lassen?

Ich bewegte mich nicht, konnte mich nicht bewegen. Ich stand einfach nur mitten im Raum und starrte aus dem Fenster. Ich war mir sicher, dass Benjamin zu der

Praxis an der Elbchaussee fahren würde. Der Supermarkt hatte bis 22 Uhr auf. Er würde es sogar schaffen, etwas einzukaufen und so seiner Entschuldigung Echtheit verleihen. Und mir dann wahrscheinlich sagen, dass er einen Freund getroffen hatte und aufgehalten wurde.

Ich wählte die Nummer der Praxis erneut. Dieses Mal ging nicht die Mailbox ran, sondern eine Frauenstimme.

„Praxis Dr. Remscheid-Jacobi, guten Abend."

„Hallo …" Ich stockte, bevor ich meinen Namen sagte. „Ich würde gerne Herrn Grimaldi sprechen."

„Es tut mir leid, wir dürfen keinerlei Informationen von Patienten herausgeben." Die Frau schien diesen Satz schon häufiger gesagt zu haben.

„Aber es ist wichtig." Ich konnte das Zittern in meiner Stimme hören. „Er ist mein Mann."

„Es tut mir leid." Die Stimme der Frau blieb hart.

Ich legte auf. Auch wenn die Sprechstundenhilfe nichts gesagt hatte, blieb trotzdem das Gefühl, dass er dort gewesen war. Wenn sie ihm sagen würde, dass jemand für ihn angerufen hatte, dann wusste er Bescheid. Ich war mir nicht sicher, ob das gut oder schlecht war. Im Moment kam mir alles schlecht vor.

Wenige Minuten später klingelte mein Handy. Es war Herr Baumgartner.

„Frau Grimaldi?"

„Ja?"

„Sind Sie zu Hause? Ich muss dringend mit Ihnen und Ihrem Mann sprechen." Warum musste er mit Benjamin sprechen?

„Mein Mann ist nicht da."

„Wo ist er?"

„Das weiß ich nicht", log ich.

„Wir haben die Bilder von der Überwachungskamera." Herr Baumgartner hielt einen Briefumschlag in der Hand. „Es ist ein Bild von der Person und Mona dabei."

Herr Baumgartner öffnete schwungvoll die Gartentür und kam ins Haus. Er war einer von den Menschen, die immer ein wenig schneller und dynamischer als andere gingen.

Ich stutzte. Da war er wieder kurz, dieser modrige, alte Geruch, Kellererinnerungen. Ich blieb noch ein paar Sekunden vor der Haustür stehen, bevor ich sie hinter mir schloss.

Woher kam dieser Geruch nur?

Herr Baumgartner hatte das Bild auf den Küchenblock gelegt. Es war eine Schwarzweiß-Aufnahme. Sie zeigte hauptsächlich den Garten eines Hauses. Es war ein großer Garten mit einer parkähnlichen Bepflanzung. Links befand sich eine große Weide und rechts mehrere große Büsche, wahrscheinlich Rhododendren. Am oberen Rand des Bildes war ein Teil des Strandes zu sehen und dahinter die Elbe. Auf dem kleinen Strandstück waren deutlich zwei Personen zu erkennen, ein Kind und eine erwachsene Person. Mona konnte man sofort identifizieren. Ihre blonden Haare waren fast weiß auf dem Bild, sie hatte ihre Schultasche auf dem Rücken und einen kleinen Eimer in der Hand.

„Sie haben wohl Muscheln gesammelt", sagte Herr Baumgartner und tippte auf den Eimer.

„Sieht so aus." Ich starrte auf das Bild. Es war unscharf, wahrscheinlich war der Ausschnitt stark vergrößert worden.

„Erkennen Sie die Person neben Mona?"

Die Person und Mona liefen den Strand Richtung Norden. Es musste einer der Häuser in vorderster Elbreihe sein. Diese Häuser hatten häufig Überwachungskameras. Die Person rechts neben Mona trug eine Jacke, deren Kapuze sie weit über den Kopf gezogen hatte, Stiefel, Hosen …

„Man kann leider nicht sehen, welche Farbe die Kleidung hat. Aber man kann davon ausgehen, dass sowohl Jacke als auch Stiefel eine helle Farbe haben, vielleicht gelb."

Ich schluckte. Meine Regenjacke und auch meine Stiefel waren gelb. Ich blickte zur Garderobe.

„Haben Sie eine solche Regenjacke, Frau Grimaldi?"

„Ich habe eine gelbe Jacke. Sie hängt dort." Erst seit ein paar Minuten, dachte ich. „Aber solche Jacken hat hier eigentlich fast jeder. Gerade die Leute mit Hund." Und das stimmte. Sie waren praktisch, und es gab hier im Dorf eine kleine Firma, die diese Jacken herstellte. Fast jeder im ganzen Dorf hatte eine.

„Was haben Sie vorgestern nach der Sitzung mit Mona gemacht, Frau Grimaldi?"

Ich war verdächtig. Ich konnte es Herrn Baumgartner ansehen.

„Ich war hier."

„Gibt es dafür Zeugen?

„Nein", ich kam mir schlecht vor, „die gibt es nicht." Ich dachte an Paula, aber die war kurz nach Mona gegangen.

Herr Baumgartner nickte. Dann schaute er mich an. „Wussten Sie, dass die Mutter von Mona die Kanzlei Ihres Mannes anzeigen wollte?"

„Wie bitte?" Ich starrte ihn an. „Nein, davon habe ich nichts gewusst. Wieso?"

„Ich dachte, Herr Benjes hat mit Ihnen gesprochen."

„Davon hat er nichts erzählt. Nur dass sie nicht eines natürlichen Todes gestorben ist."

„Es war Mord, Frau Grimaldi. Es war kein Totschlag, es war geplanter Mord. Und wir haben den Mörder noch nicht, noch lange nicht." Ich konnte an seiner Stimme hören, dass ihm der Fall auch naheging. „Maja Benjes hatte angeblich Beweise, dass die Kanzlei Ihres Mannes unrechtmäßig an die Vergabe von Aufträgen aus vier großen Kliniken hier in der Stadt gekommen war."

Die Mutter von Mona war Journalistin gewesen. Sie hatte als Redakteurin für ein deutschlandweites Magazin hier in Hamburg gearbeitet.

„Sie wollte einen Artikel veröffentlichen, in dem alles stand. Es kam nie zur Veröffentlichung. Sie starb vorher."

„Um was für Informationen ging es?" Ich fragte mich, warum mir Herr Baumgartner das alles erzählte. War ich nun nicht mehr verdächtig oder erst recht?

„Die Kliniken wurden erst vor kurzem saniert und modernisiert und auch personell neu und kostensparender aufgestellt. Sicherlich haben Sie davon in der Zeitung gelesen?“

Ich nickte.

„Die neue Leitung hat eine Großkanzlei gesucht, die sie bei Rechtsfällen vertritt und mit der sie langfristig zusammenarbeiten konnte. Es gab eine öffentliche Ausschreibung. Ziemlich schnell stand fest, dass es die Firma Ihres Mannes sein wird. Da ist Frau Benjes hellhörig geworden, oder sie hat irgendetwas mitbekommen, zumal ihr eigener Mann dort arbeitet. Die Sanierung der Krankenhäuser ist ein Politikum, so wäre es sicherlich schädlich gewesen, wenn sich herausgestellt hätte, dass durch korrupte oder unseriöse Geschäfte die Großkanzlei Ihres Mannes an den Vertrag gekommen wäre. Frau Benjes hat Informationen gesammelt, die eine enge Verbindung zwischen der Kanzlei Ihres Mannes und dem Vorstand der Kliniken belegen.“

„Und Sie vermuten, dass Maja Benjes aus diesen Gründen umgebracht wurde?“

„Wir stehen kurz vor dem Wahlkampf. Wenn es stimmen würde, wäre das ein heikles Thema und könnte die Wahl kippen …“ Herr Baumgartner meinte das sehr ernst.

Hatte Benjamin davon etwas gewusst? Er arbeitete seit ein paar Jahren als Vertretung der Geschäftsleitung der Kanzlei und sollte sie in den nächsten zehn Jahren übernehmen. Ich war mir nicht ganz sicher, aber vielleicht hatte er sogar einmal von der Ausschreibung erzählt? Aber dass sie diese gewonnen hatten, davon wusste ich nichts. Da war ich mir sicher. Wenn es etwas

Großes zu feiern gab, dann erzählte Benjamin das immer. Und das wäre es gewesen.

„Wir verdächtigen Ihren Mann nicht konkret, aber irgendwo muss sich der Mörder oder der Auftraggeber verstecken, ob im Vorstand des Krankenhauses, in der Politik oder in der Kanzlei Ihres Mannes. Wir wissen nur nicht, wo."

„Warum haben Sie meinen Mann nicht schon eher befragt?"

„Wir sind erst gestern an einige Daten von Frau Benjes Arbeitsrechner im Verlag gekommen. Auf ihrem Rechner gibt es einen Vermerk, dass es einen sicheren Ort gibt, an dem alle Beweise und Belege bezüglich dieses Artikels gespeichert sind. Dieses Versteck haben wir noch nicht, aber wir wissen von ihrem Chef, an was sie gearbeitet hatte, und dass sie wohl handfeste Beweise hatte. Der Mord an ihr spricht dafür."

„Was hat das Ganze mit Mona zu tun?"

„Wir vermuten, dass es einen Zusammenhang gibt. Es ist nun wirklich auffällig, dass erst die Mutter umgebracht wird und dann die Tochter verschwindet."

Ich nickte. „Aber die Mutter ist doch schon tot und damit die Veröffentlichung des Artikels gestoppt?"

„Vorerst." In seiner Stimme konnte man einen ironischen Unterton erkennen. „Irgendwann müssen wir diese Daten ja finden. Außerdem ist die Veröffentlichung der Informationen nur eine Frage der Zeit. Wir vermuten, dass der Mörder genau das befürchtet hat und so womöglich Mona entführt wurde, um ein Druckmittel zu haben."

„Haben sich denn schon Entführer gemeldet?"

„Nein, und das ist das Merkwürdige."

„Niemand entführt doch ein Kind vorsichtshalber ..."

Herr Baumgartner nickte. „Auch das stimmt. Aber es gibt sonst keine Ansatzpunkte. Zu der Zeit, an der Mona an der Elbe war, war Niedrigwasser." Er schaute mich an. „Dabei zu ertrinken ist schon ziemlich schwierig. Außerdem haben wir alles mit Spürhunden und Suchtrupps abgesucht. Sie ist nicht da unten. Und gefunden haben wir ihre Leiche auch noch nicht, obwohl wir jeden Tag alles absuchen."

„Das kann dauern." Ich hatte meine Schwester damals nicht gesehen, aber ich wusste aus den späteren Erzählungen meiner Eltern, dass sie furchtbar und kaum wiederzuerkennen war, nach knapp zwei Wochen im Elbwasser.

„Bitte richten Sie Ihrem Mann aus, dass ich ihn morgen versuche zu erreichen."

„Das mache ich."

Herr Baumgartner verließ das Haus. An der Pforte drehte er sich noch einmal um. „Behalten Sie die Informationen erst einmal für sich." Dann ging er in die Nacht. Die Straßenlaterne war immer noch defekt.

Als Benjamin nach Hause kam, schlief ich schon fast. Er legte sich neben mich und nuschelte etwas von einem Freund, dem es nicht gut ging. Er entschuldigte sich, dass er nicht eher dagewesen war und gekocht hatte. Es sei wichtig gewesen. Ich tat so, als ob ich schlafen würde.

Als ich seinen regelmäßigen Atem hörte, fing ich leise an zu weinen.

7

„Vielleicht hat Benjamin Mona entführt?“ Paula saß auf einer Parkbank neben mir. Auch wenn Herr Baumgartner mich gebeten hatte, mit niemandem darüber zu reden, Paula war meine Freundin, und ich brauchte einen Rat.

Über uns raschelte der riesige alte Ahorn. Überall auf dem Boden lagen die kleinen geflügelten Früchte, die er abgeworfen hatte. Ich sah meine Freundin an. Ihre Haare leuchteten heute besonders rot. „Er wusste immerhin genau, wann sie bei dir war und wann die Sitzungen vorbei waren.“ Paula wurde lauter. „Wahrscheinlich hat er sie auf der Straße vor eurem Haus abgepasst. Sie kannte ihn, und sie hatte keine Angst vor ihm!“

Ich überlegte. Mona hatte Benjamin tatsächlich das eine oder andere Mal gesehen. Immer dann, wenn Mona eine Sitzung unter der Woche nicht gereicht hatte und sie am Wochenende spontan noch einmal gekommen war. Es hatte ein oder zwei Wochen gegeben, wo das so gewesen war. Auch wenn sie sich nur flüchtig kannten, hätte Mona ihn nicht für einen Fremden gehalten.

Ich schluckte. Das würde auch erklären, warum er die Regenjacke zur Reinigung gebracht hatte. Er hatte eventuelle Spuren beseitigen wollen.

Nein, das konnte und durfte nicht wahr sein. „Das passt nicht zu ihm! Er würde doch keinem Kind etwas antun!“

Paula starrte in den weißgrauen Himmel. Sie schien zu überlegen. „Vielleicht hat ihn sein Chef unter Druck gesetzt."

Ich schüttelte den Kopf. „Ich will das erst glauben, wenn das bewiesen ist."

„Pass auf dich auf, Clara. Du lebst vielleicht mit einem Mörder oder einem Entführer zusammen."

Als ich den Weg zurück zum Haus lief, fielen mir plötzlich die Gummistiefel wieder ein. Benjamin konnte sie nicht getragen haben. Sie waren ihm zu klein.

Aber Paula hätte sie tragen können.

Sie hatten nicht im Hausflur, sondern vor der Tür gestanden, neben der Fußmatte. Da hatte auch die Regenjacke gehangen. Dort gab es eine überdachte Nische.

Ich stoppte mitten auf den Treppen.

Paula hatte mit Mona gesprochen. Und war kurz nach ihr gegangen. Sie hätte sowohl die Schuhe als auch die Jacke anziehen können. Und später wieder zurückstellen können.

Aber warum sollte sie das tun?

Oder war sie mit Mona an den Strand gegangen, um Muscheln zu suchen und hatte sie dann aus den Augen verloren? Vielleicht wollte sie das jetzt nicht zugeben, weil dem Mädchen etwas passiert war?

Nein, aber Paula würde doch nicht aus einem falschen Egoismus heraus das Leben eines anderen riskieren.

Aber warum hatte dann Benjamin die Regenjacke in die Reinigung gebracht?

Mir fiel keine logische Erklärung dafür ein.

Gab es eine Verbindung zwischen den beiden?

Ich musste Benjamin zur Rede stellen. Ich musste ihn fragen, was es mit der Frau oben auf dem Süllberg auf sich hatte.

Und ich musste auch wissen, ob er etwas mit dem Verschwinden von Mona und dem Mord an ihrer Mutter zu tun hatte.

Ich nahm fast zwei Treppenstufen auf einmal. Schon von oben konnte ich sehen, dass Benjamins Geländewagen vor dem Haus parkte. Er war schon zu Hause. Freitags kam er eher.

Mona war jetzt fast sechzig Stunden weg. Sie könnte noch leben. Aber die Zeit wurde knapp. Sehr knapp.

8

Je näher ich dem Haus kam, desto sicherer wurde ich mir, dass mit Benjamin etwas nicht stimmte. Paula hatte recht gehabt.

Ich riss die Haustür auf. „Was hast du mit Mona gemacht?"

Benjamin starrte mich an. „Was meinst du, Clara?" Er stand in der Küche und holte gerade verschiedene Zutaten aus dem Kühlschrank. Er wollte kochen. Wie immer. Was war nur los mit ihm? Wie konnte er so tun, als ob nichts gewesen war?

„Wo hast du Mona versteckt?"

„Clara ..." Er machte einen Schritt auf mich zu. Ich wich zurück. „Clara, bitte beruhige dich. Du bist ja völlig außer dir."

Das war ich wirklich. „Steckst du hinter dem Mord an Maja Benjes?"

„Clara, ich weiß, wovon du redest. Herr Baumgartner hat mich auch erreicht. Er hat mir von den Vorwürfen erzählt, aber da ist nichts ..."

„Das sagst du doch nur, um mich zu beruhigen!" Ich merkte, dass ich schon fast schrie.

„Clara, wir haben den Auftrag bekommen, weil ein Bekannter meines Chefs im Vorstand der Kliniken sitzt. Das stimmt. Aber jeder würde das so machen. Du vergibst doch auch eher einen Job an jemanden, den du kennst, als an jemanden, der dir völlig fremd ist und von dem du nicht weißt, wie er arbeitet. Unsere Kanzlei hatte alle Qualifikationen für den Job, und es gab nur zwei Mitbewerber auf der letzten Stufe. Sie haben sich dann für uns entscheiden, weil mein Chef diesen Freund hatte." Er blickte mich an. „Ja, das ist vielleicht nicht ganz moralisch vertretbar, aber das passiert überall auf der Welt und ist nicht strafbar. Die Polizei hat die Erklärung der Klinik zur Entscheidung über die Vergabe längst erhalten. Sie ist rechtens."

Ich starrte ihn an und versuchte zu verinnerlichen, was er gerade gesagt hatte.

„Aber wer hat dann Frau Benjes umgebracht?"

„Ich weiß es nicht, Clara. Und ich finde es genauso schlimm wie du." Er machte erneut einen Schritt auf mich zu. „Du weißt doch, dass ich mit Tim Benjes zusammenarbeite. Ich sehe jeden Tag, wie schlecht es ihm geht."

Ich verschränkte die Arme. Ich dachte an Paulas Worte. Vielleicht versuchte er mich nur zu beeinflussen, mich für seine Variante der Geschichte einzunehmen.

„Clara, warum glaubst du mir nicht?" Er schüttelte den Kopf. „Was ist nur los mit dir?"

„Was los ist mit mir? Das willst du wissen?" Ich wusste, dass er damit den wunden Punkt getroffen hatte. Und ich wusste auch, dass es jetzt kein Zurück mehr gab. „Du triffst dich mit einer anderen Frau! Du hintergehst mich!" Ich hörte, wie meine Stimme versagte.

„Was redest du da? Clara …"

Ich unterbrach ihn. „Paula hat euch gesehen! Oben am Berg …" Weiter kam ich nicht. Benjamin schmiss das Kochbuch, das er noch immer in der einen Hand hielt, auf den Küchenblock, der zwischen uns stand. „Diese Paula, Clara, da stimmt doch etwas nicht!"

„Was soll mit Paula nicht stimmen?“ Ich verstand nicht, warum er jetzt schon wieder gegen Paula wetterte.

„Diese Paula intrigiert! Merkst du das nicht? Sie versucht ein Keil zwischen uns zu treiben!“

„Ja, weil du etwas gegen sie hast. Du gönnst es mir nicht, dass ich eine Freundin habe!“

„Clara ...“ Benjamins Stimme wurde plötzlich ganz leise und klang fast zärtlich. „Das stimmt doch nicht. Ich gönne dir eine Freundin von ganzem Herzen. Nur nicht Paula ...“ Er blickte mich mit großen Augen an, als wollte er noch etwas sagen, hielt sich dann aber zurück.

„Was meinst du damit?“

„Ich meine damit, dass mit dieser Paula etwas nicht stimmt.“

„Wie kommst du darauf?“ Ich wurde langsam wirklich wütend. Aber irgendetwas in mir hielt mich davor zurück, dass ich ausrastete. Was war hier los?

„Warte ...“ Benjamin machte eine Handbewegung, dass ich da bleiben sollte, wo ich war. Ich verstand nicht.

Er lief aus der Haustür und links am Haus entlang in Richtung des kleinen Gartenhäuschens, das hinter dem Haus am Hang stand. Ich hörte, wie er die Tür öffnete, sie schrammte immer über die Platten auf dem Boden. Ich stand wie versteinert in der Küche.

Was wollte er mir zeigen?

Als er zurück ins Haus kam, hatte er eine Kiste in der Hand. Ich hatte diese Kiste noch nie in meinem Leben gesehen. Er stellte sie vor mich auf den Küchenblock und öffnete sie. Es lagen unzählige Muscheln, Steine und anderes Strandgut in ihr, viele Bänder und Perlen und ein kleiner Handbohrer, auf dem meine Initialen standen: C. G.

„Die Muschelketten, Clara …" Benjamin versuchte meine Hand zu nehmen. Ich war wie erstarrt. „Die Muschelketten an unseren Fenstern, die hat nicht Paula gemacht. Die hast du gemacht."

Ich lief die ganzen Treppen bis zum Strand. Es war ein Wunder, dass ich nicht gestolpert und gefallen war, so hastig und unkontrolliert war ich die Stufen heruntergerannt. Ich schaute mich nicht einmal um. Benjamin war mir nicht gefolgt. Ich hatte mich losgerissen und war einfach aus dem Haus gestürmt.

Erst als ich Sand unter meinen Füßen spürte, verlangsamte ich meinen Lauf. In einiger Entfernung konnte ich zwei Pärchen mit ihren Hunden sehen. Es herrschte Flut. Die Elbe stand höher als sonst. Sie umfloss am Ufer einen dicken, knorrigen Baum. Der Baum stand bei Ebbe nicht im Wasser, aber nun war sein dunkler Stamm umspült. Ich starrte auf das Wasser, das immer höher um den Stamm floss und ihn mehr und mehr einnahm. Irgendwie war mir dieser Anblick unheimlich. An irgendwas erinnerte mich das. Aber an was?

Was war eben passiert?

Ich musste an die Kiste denken, die Benjamin mir gezeigt hatte. Es waren die Materialien dort drin, mit denen man solche Muschelwindspiele baute, die Paula mir geschenkt hatte. Aber warum war diese Kiste in unserem Gartenhäuschen? Und warum lag darin ein Handbohrer, der meine Initialen trug? Ich erinnerte mich, dass ich einmal einen ähnlichen Handbohrer als Kind gehabt hatte.

„Du hast ihn mir geliehen." Plötzlich, wie aus dem Nichts, tauchte Paula neben mir auf. Manchmal war es unheimlich. Da konnte sie Gedanken lesen.

„Woher weißt du …?" Ich starrte sie an.

„Ich war auf dem Weg zu euch. Ich habe durch das Fenster gesehen, dass Benjamin die Kiste auf den Tisch gestellt hat. Ich musste nichts hören, es war mir klar, dass ihr gestritten habt." Dann nahm sie mich in den Arm. Es tat gut. „Es ist meine Kiste. Ich habe sie in euer Gartenhaus gestellt, weil ich doch so häufig bei dir bin, und da wollte ich sie nicht immer schleppen." Paula sah mich mit großen Augen an. „Es tut mir leid, ich habe vergessen, es dir zu sagen."

Ich nickte. „Ich kann mich gar nicht erinnern, dass ich diesen Handbohrer noch hatte."

Sie lachte. „Das hast du damals auch gesagt. Er lag in der Werkzeugkiste in der Truhe auf der Terrasse."

Ich nickte wieder. So war es wohl. Ich war froh, dass Paula gekommen war. Es hatte eine Erklärung dafür geben müssen.

9

Ich lief noch ein Stück am Wasser, um mich zu beruhigen. Paula war nach Hause gegangen. Ich kam selten an den Strand. Ich mied ihn seit dem Tod meiner Schwester und dem von Pippa. Ich verbrachte viel mehr Zeit in den Wäldern oben am Hang. Ich konnte mich nicht erinnern, wann ich das letzte Mal hier unten gewesen war.

In einer Entfernung hörte ich Stimmen. Ich kniff die Augen zusammen und versuchte zu erkennen, was am Strand weiter nördlich passierte.

Je näher ich kam, desto deutlicher wurde es. Es waren Polizisten. Und zwar einige. Sie liefen und standen am Strand. Auch Spürhunde waren da. Sie rissen an den Leinen, dicht mit ihren Schnauzen am Boden.

Mir stockte der Atem. Hatte man Mona etwa gefunden?

Ich sah Herrn Baumgartner. Er telefonierte. Und auch Herr Benjes war da. Eine Polizistin stand neben ihm.

Herr Baumgartner war der Erste, der mich erkannte. Er nickte mir zu. Ich blieb dennoch in einiger Entfernung stehen. Einige Anwohner stellten sich zu mir. Unter ihnen war auch die Frau von der Bäckerei, die mich angesprochen hatte.

„Hat man das Kind gefunden?" Ich traute mich kaum, es vor ihr auszusprechen.

„Soweit ich gesehen habe nicht. Aber man hat wohl etwas von ihr gefunden."

Herr Baumgartner winkte mich heran.

Mit jedem Schritt, den ich näher kam, wurde mir schlechter.

„Wir haben Monas Brotdose gefunden." Herr Baumgartner hielt eine durchsichtige, leicht rosafarbene Dose in einer Plastiktüte hoch. Mit Edding stand in Druckbuchstaben *Mona* auf den Deckel geschrieben."

„Oh Gott."

„Es heißt noch nicht, dass ihr etwas zugestoßen ist, Frau Grimaldi." Herr Baumgartner versuchte mich zu beruhigen. Er sprach leise, denn Herr Benjes stand nicht weit entfernt. „Die Brotdose war leer." Ich wusste nicht, worauf er hinauswollte. „Monas Vater sagte, dass es eher ungewöhnlich ist, dass Mona die Dinge isst, die sie mit zur Schule bekommt."

„Das stimmt. Sie hat eigentlich nie etwas aus der Brotdose gegessen. Ihr Vater hat ihr trotzdem immer wieder etwas mitgegeben."

„Nun ist sie aber leer." Herr Baumgartner hielt sie erneut hoch. „Es waren zwei Brote und zwei eingeschweißte Schokoriegel darin. Ihr Vater kann sich noch genau erinnern. Selbst wenn das Brot sich zu hundert Prozent aufgelöst haben sollte, was ich kaum glaube", er stockte, „die Dose schließt nicht mehr ganz genau. Dann hätten aber die beiden Schokoriegel noch darin sein müssen."

Ich verstand. Mona musste sie herausgenommen und gegessen haben. „Das heißt, sie lebt vielleicht noch?"

„Es könnte zumindest sein." Herr Baumgartner nickte. „Es ist nicht sehr kalt gewesen die Tage. Und wenn sie etwas zu essen und auch noch zu trinken hatte, dann hat sie gute Chancen, dass sie noch lebt." Dann wurde er etwas leiser. „Noch. Aber wir müssen sie finden. Und zwar sofort."

„Weiß Herr Benjes das?"

„Ja, natürlich. Aber ich will ihm nicht zu viel Hoffnungen machen."

Ich dachte an Mona. Wo konnte sie stecken? „Könnte es sein, dass Mona die Dose als ein Zeichen gesendet hat?"

„Daran habe ich auch schon gedacht." Herr Baumgartner nickte. „Wir checken gerade noch einmal das ganze Ufer und alle Boote, die hier liegen. Vielleicht ist sie aus Versehen irgendwo eingeschlossen worden und kommt nicht heraus."

„Und sie hat die Brotdose ins Wasser gelassen, in der Hoffnung, dass sie jemand findet."

„Dann wäre sie ein sehr cleveres Mädchen."

„Das ist sie. Das ist sie wirklich."

10

Es gab wieder Hoffnung. Hoffnung, dass Mona noch lebte. Vielleicht würde sie bald gefunden werden.

Ich blickte mehrmals zurück, als ich die Treppen zu unserem Haus hochlief. Die Polizei hatte sich in zwei Trupps aufgeteilt, die den Strand in beide Richtungen durchkämmten. Die Elbe sah von hier dunkelgrau aus. Das Wasser stand immer noch hoch. Der Fluss würde nichts verraten.

Morgen würden es drei Tage werden. Lange hatte Mona nicht mehr Zeit.

Als ich die Haustür aufschloss, hörte ich gedämpfte Stimmen. Sie verstummten, als ich in den Flur trat. Im Wohnzimmer saß Benjamin mit zwei Frauen, einer jüngeren und einer älteren.

„Was wollen Sie hier?" Irgendetwas sagte mir, dass das kein gutes Zeichen war.

„Clara." Benjamin stand langsam auf. „Magst du dich kurz zu uns setzen? Wir würden dir gerne etwas sagen."

„Was ist passiert?" Ich verstand nicht. Gerade noch schien alles wieder gut zu werden. Und dann dies.

„Das sind Frau Dr. Jacobi und ihre Mutter, Frau Dr. Remscheid." Er sah mich an, als ob er auf etwas warten würde. „Du müsstest Frau Dr. Remscheid eigentlich kennen."

Die ältere Dame nickte mir freundlich zu. „Clara, erkennst du mich?"

Der Name kam mir bekannt vor. Woher kannte ich diese Frau?

Dann wusste ich es. „Sie sind meine Therapeutin. Von damals.“

„Richtig.“ Jetzt erkannte ich auch ihre Stimme. „Wir haben lange zusammengearbeitet.“ Sie stand auf und reichte mir die Hand. „Und es freut mich, dass du hier im Dorf geblieben bist.“

„Wir wohnen ein bisschen weiter an der Stadt“, sagte nun auch die jüngere Frau. „Ich bin die Tochter, Jacobi, ich habe die Praxis meiner Mutter übernommen. Meine Mutter arbeitet kaum noch.“ Sie lächelte mich betont freundlich an und gab mir auch die Hand.

Was passierte hier? Das war die Praxis, die Benjamin angerufen hatte.

„Was wollen Sie von mir?“ Ich stand immer noch mitten im Raum.

„Willst du dich nicht setzen, Clara?“ Benjamin versuchte mich zu beruhigen. Das merkte ich. Es machte mich noch nervöser.

„Ich würde dich gerne etwas zu Pippa fragen, Clara“, sagte Frau Dr. Remscheid.

„Pippa?“ Ich erschrak selber, wie schrill meine Stimme klang.

„Kannst du dich an sie erinnern?“ fragte Frau Dr. Remscheid. Ihre Stimme klang ganz ruhig. Sie beruhigte mich. Das hatte sie schon früher getan.

„Natürlich.“ Pippa war damals meine engste Vertraute gewesen. Sie hatte mich gerettet. Und sie war gestorben. So etwas vergisst man doch nicht!

„Wie hat Pippa ausgesehen?“

Was war das für eine Frage?

„Ich …“ Ich überlegte kurz, dann sah ich das lachende Gesicht von Pippa vor mir: ihre Sommersprossen, ihre bunten Kleider, die Haarsträhnen, die sie sich immer aus dem Gesicht strich. Ich sah sie vor mir, als ob es erst gestern gewesen wäre.

Ich blickte Frau Dr. Remscheid an. „Warum wollen Sie das wissen?“ Meine Stimme klang barscher, als ich es gewollt hatte.

„Bitte, Clara.“ Ich erkannte, wie wichtig Benjamin dieses Gespräch zu sein schien. „Versuch dich zu erinnern.“

„Ich weiß genau, wie Pippa ausgesehen hat.“ Ich blickte in die Runde. Meine Stimme war jetzt ganz fest und sicher. „Sie hatte rote, leuchtende Haare und liebte bunte Kleidung.“

„Hat sie in etwa so ausgesehen?“ Frau Dr. Jacobi hatte plötzlich ein Kinderbuch in der Hand. *Pippi Langstrumpf*. Sie hielt mir das Cover des Buches entgegen. Dort waren Pippi und ihr Affe und Pferd vor ein paar Koffern zu sehen.

„Sie hatte tatsächlich Ähnlichkeit mit Pippi Langstrumpf. Vielleicht hat man sie deshalb so genannt, ihr diesen Spitznamen gegeben.“ Ich stockte kurz. „Ich weiß gar nicht mehr ihren richtigen Namen.“

„Weil sie keinen richtigen Namen hatte“, sagte Dr. Remscheid.

„Wie meinen Sie das?“ Im Augenwinkel sah ich, dass Benjamin unruhig auf dem Sofa hin und her rutschte. Er schien nervös zu sein.

„Clara, es hat Pippa niemals wirklich gegeben.“

„Wie bitte?" Ich sah von einem zum anderen. „Wovon reden Sie?"

„Pippa war eine Einbildung. Du hast sie dir ausgedacht als Kind, um den Schmerz und den Verlust deiner Schwester auszugleichen. Dir ging es damals sehr schlecht, und nichts schien dich aus deiner Starre zu holen. Du hast dich völlig zurückgezogen, bist nicht mehr aus dem Haus gegangen, hattest an nichts mehr Freude. Aber richtig getrauert hast du auch nicht. Du hast einfach von einem Tag auf den anderen den Namen deiner Schwester nicht mehr erwähnt." Sie schaute mich an. „Du hast dich den ganzen Tag in deinem Zimmer verkrochen und gelesen. Unter anderem dieses Buch." Sie zeigte auf das Buch, das ihre Tochter immer noch in der Hand hielt.

„Und plötzlich tauchte Pippa in deinem Leben auf. Von einem Tag auf den anderen. Du hast von ihr erzählt und sie getroffen, und im ersten Moment dachten wir damals, es gäbe Pippa tatsächlich."

Sie blickte mich an. Niemand sagte etwas.

„Nur dann haben wir bemerkt, dass es Pippa gar nicht gibt. Du hast einen Ersatz für deine kleine Schwester gebraucht, und da hast du dir eine Figur ausgedacht, die alles mit dir teilt, wie es damals deine Schwester Emma gemacht hat."

„Das ist doch nicht wahr …" Mir kamen die Tränen. Was erzählte diese Frau da?

„Wir haben dich beobachtet, wenn du mit Pippa spielen warst, wenn du angeblich mit ihr durch die Wälder gestreift bist. Clara, du warst immer alleine. Und wenn du später nach Hause kamst, hast du die tollsten Geschichten erzählt, die ihr zusammen erlebt habt."

Ich schüttelte den Kopf. Ich wollte das nicht glauben. Es hatte Pippa gegeben.

„Wir haben es zunächst für ein gutes Zeichen gehalten. Du bist wieder rausgegangen, wieder zur Schule, hast wieder gelacht, aber ..."

„Aber was?" Ich wurde langsam ungeduldig.

„Aber irgendwann hat sich Pippa verändert und viel mehr Einfluss auf dich gehabt. Sie hat dir Dinge eingeredet, die nicht stimmten. Du hast oft gelogen, dich abgekapselt und dich immer mehr in diese Welt mit Pippa hineingesteigert." Sie senkte die Stimme. „Wir haben damals beschlossen, dass sie gehen muss ..."

„Wir?" Ich schrie nun fast.

„Du und deine Eltern und ich", sagte Frau Remscheid. „Nach langen Gesprächen hast du damals erkannt, dass es Pippa nicht gibt, und dass du sie vor allem nicht mehr brauchst. Du warst irgendwann stark genug. Wir haben dann beschlossen, dass Pippa gehen kann."

Die drei sahen mich an und erwarteten eine Reaktion. Ich sagte nichts. Was sollte ich auch dazu sagen?

Ich glaubte ihnen kein Wort.

„Doch Pippa ging nicht, Clara", sagte Frau Dr. Remscheid. „Über Wochen nicht. Sie blieb bei dir. Und da haben wir einen Trick versucht." Sie blickte mich sehr ernst an. „Damals war das in der Psychotherapie noch nicht so umstritten wie heute ... Aber es hat funktioniert. Wir haben Pippa sterben lassen. Auf der Elbe ..."

„Bei einem Segelunfall." Ich konnte mich genau an die Nachricht erinnern.

„Sie kam nie wieder. Und es ging dir viel besser ohne sie."

Ich starrte aus dem Fenster.

Das durfte und konnte nicht wahr sein. Ich konnte mir doch Pippa nicht all die Jahre eingebildet haben?

„Warum haben Sie mir nie davon erzählt?"

„Das haben wir, immer wieder, Clara. Bis zum Ende deiner Therapie. Du hast das gewusst. Aber ich war mir nie sicher, ob du es wirklich verinnerlicht hattest."

Das musste zwei bis drei Jahre nach dem Tod meiner Schwester gewesen sein. „Ich …" Ich drehte mich von den dreien weg. „Ich brauche einen Augenblick für mich."

Ich sah, wie Benjamin nickte.

„Da gibt es noch etwas, was Sie wissen müssen, Frau Grimaldi", sagte Frau Dr. Jacobi plötzlich.

„Was denn noch?" Im Gehen drehte ich mich noch einmal um.

„Wir glauben, dass es auch Paula nicht wirklich gibt."

11

Dr. Jacobi hatte ihren Blick immer noch fest auf mich gerichtet. Sie schien sich ihrer Sache vollkommen sicher zu sein. Wie gerade sie auf dem Sofa saß. Und wie sie die Hände auf ihre Beine gelegt hatte. Alle Finger gestreckt. Mit den fein manikürten Nägeln. In so einem matten Braunton. Sie trug keinen Ring. Ich mochte es nicht, wie sie mit mir sprach.

Hinter dem Sofa konnte ich den Garten vor der Terrasse erkennen. Die pinken Fingerhüte bewegten sich nicht. In Reih und Glied standen sie still nebeneinander. Die verbliebenen Blüten kamen mir plötzlich wie aufgerissene Mäuler vor.

Paula soll es nicht wirklich geben?

Paula sollte eine Einbildung sein?

Mein Herz raste.

Ich fasste mit einer Hand an den Türrahmen hinter mir. Ich konnte die kleine metallene Öffnung spüren, in die die Tür fiel. In steckte einen Finger hinein. Es fühlte sich kühl an. Ich hatte das Gefühl, als ob sich alles um mich herum drehen würde.

Das stimmte einfach nicht.

Es war lächerlich.

Ich blickte von Frau Dr. Jacobi zu ihrer Mutter und dann zu Benjamin. Auch ihre Mutter hatte den Blick fest auf mich gerichtet. Ich konnte sehen, dass ihr die Situation leid tat. Ich hatte sie früher sehr gemocht. Im Gegensatz zu ihrer Tochter hatte sie ihre Beine übereinander geschlagen. Sie schien angespannt zu sein, wie ich reagieren würde. Sie trug einen dieser unförmigen, selbstgestrickten Pullover, die sie schon früher immer angehabt hatte. Und darüber die Kette mit diesem Stein, der ihr Energie schenkte. Auch den kannte ich noch aus meiner Kindheit. Als sich mein und Benjamins Blick trafen, schaute er zu Boden.

Ich konnte nicht glauben, dass Benjamin sich mit meiner alten Therapeutin und ihrer Tochter hinter meinem Rücken getroffen und über mich gesprochen hatte.

Was hatte ihn dazu veranlasst? Was hatte er gegen Paula? Sie hatte ihm doch nichts getan!

„Clara", setzte Frau Dr. Remscheid nun an, „dein Mann hat uns informiert, weil er sich Sorgen macht."

Ich schnaufte verächtlich. „Unnötig." Mehr sagte ich nicht und strafte Benjamin mit einem Blick von der Seite.

Frau Dr. Remscheid ging nicht weiter darauf ein. „Wir werden dir helfen, mit Paula umzugehen, sie zu akzeptieren und sie dann auch irgendwann gehen zu lassen ..." Weiter kam sie nicht.

„Ihr seid doch verrückt! Ihr alle!" Ich wusste, dass ich ihnen Unrecht tat. Mein Blick ging zurück zu Benjamin. „Benjamin, was lässt du dir da von den beiden einreden?"

„Clara." Benjamins Stimme klang verzweifelt. „Es tut mir so leid. Ich wusste mir nicht mehr anders zu helfen. Es kann so doch nicht weitergehen. Du bildest dir Paula ein. Ich bin mir ganz sicher. Denk doch bitte einmal an die Geschichte mit dem Muschelzeug."

Er blickte mich an und wartete, dass ich ihm zustimmte. Aber das tat ich nicht.

„Ich habe mich im Dorf informiert. Es gibt diese Paula nicht. Niemand kennt sie, hat sie je gesehen, und sie ist auch nicht neu hierher gezogen." Er klang verzweifelt. „Clara, mir kam das irgendwann komisch vor. Immerzu hast du von ihr erzählt und geschwärmt und ganz wirres Zeug erzählt, was ihr zusammen gemacht habt. Das konnte alles nicht stimmen, und du warst dabei so abwesend und distanziert und hast so viele Dinge vergessen und verwechselt. So habe ich dich noch nie erlebt. Schon die ganzen letzten Wochen." Dann fügte er hinzu: „Und gesehen habe ich Paula nie."

„Du hast dich informiert?"

„Ganz vorsichtig natürlich." Er hob beschwichtigend die Arme. „Niemand weiß etwas. Und niemand muss etwas erfahren. Wir können das Problem zusammen lösen. Aber wir müssen etwas tun. So kann es doch nicht weitergehen."

„Was kann nicht weitergehen?" Ich merkte, wie unsicher meine Stimme wurde, je lauter ich sprach.

„Sie könnten anderen damit schaden, Frau Grimaldi", sagte Dr. Jacobi. Ich hatte das Gefühl, sie setzte sich noch ein wenig gerader hin und streckte ihre Finger auf ihren Beinen noch ein wenig mehr durch. „Ihre Einbildung könnte jemandem schaden."

„Wie bitte?"

„Es ist ein Mädchen verschwunden, Frau Grimaldi, das zuletzt in Ihrer Obhut war." Sie sagte das in einem Ton, der so bestimmt war, dass mir ein kalter Schauer den Rücken hinunterlief.

„Das weiß ich!“ fuhr ich sie an. „Aber ich habe nichts mit ihrem Verschwinden zu tun!“ Was dachten die von mir? Dass ich ein kleines Mädchen entführen würde?

„Das sagen wir ja auch gar nicht.“ Sie blickte mich unverwandt an. „Aber Sie haben ausgesagt, dass Paula die letzte Person war, die mit Mona gesprochen hat. Wir nehmen diese Aussage sehr, sehr ernst, Frau Grimaldi. Denn wir sind uns sicher, dass es Paula nicht gibt.“

Benjamin hatte inzwischen angefangen, im Wohnzimmer auf und ab zu laufen. Ihm war die Situation sichtlich unangenehm.

„Und wenn es Paula nicht gibt, dann ist auch Ihre Aussage hinfällig, dass Paula die letzte Person war, die mit Mona zusammen war. Dann waren nämlich Sie das. Und wenn Sie das waren und sich nicht daran erinnern können, dann schwebt dieses Mädchen womöglich in einer Gefahr, die wir noch gar nicht abschätzen können.“

„Das ist doch lächerlich. Das ist alles lächerlich hier. Sie sind lächerlich!“

„Clara ...“ Benjamin machte einen Schritt auf mich zu. Er wollte mich doch tatsächlich in den Arm nehmen. Was glaubte er? Dass ich das jetzt zulassen würde?

„Bleib wo du bist“, fauchte ich ihn an. „Ich höre mir das hier nicht länger an! Paula ist meine Freundin. Ich bin froh, dass ich sie habe. Sie ist lebendig. Lebendiger als ihr drei zusammen! Und sie hintergeht mich nicht. Im Gegensatz zu euch.“ Ich war richtig wütend. „Und weder sie noch ich haben etwas mit dem Verschwinden von Mona zu tun. Und ich weiß nicht, was ihr mir hier anhängen wollt, aber funktionieren wird das nicht!“

Dann drehte ich mich um, riss die Haustür auf und lief in die Dämmerung.

Ich verlangsamte meine Schritte erst wieder, als ich im Wald bei dem großen Ahorn ankam. Es war der Ahorn, unter dem ich mich immer mit Paula traf. Sie war natürlich nicht da. Sie würde längst zu Hause sein. Ich musste einen Augenblick stehen bleiben und durchatmen. Ich hatte die Kapuze meiner Jacke tief ins Gesicht gezogen, damit niemand sah, dass ich weinte. Wütend trat ich in das Laub, das unter dem Ahorn lag. Die kleinen geflügelten Früchte stoben auf. Einige blieben auf einer anderen Seite liegen, als auf der sie vorher gelegen hatte. Die Seite war schon viel dunkler und vermoderter.

Zu Hause.

Wo wohnte Paula eigentlich?

Ich setzte mich einen Augenblick auf die Bank und verschnaufte. Ich nahm die Kapuze ab und ließ meine feuchten Wangen vom Wind trocknen, der von der Elbe heraufwehte.

Ich hatte Paula nie zu Hause besucht. Warum eigentlich nicht? Irgendwie war es nie dazu gekommen. Wir hatten uns immer draußen oder bei mir getroffen. Paula hatte immer gesagt, dass sie in der Nähe sei und war dann vorbei gekommen. Da ich fast den ganzen Tag zu Hause arbeitete, hatte sie irgendwann vor der Tür gestanden. Verpasst hatten wir uns selten. Meistens aber waren wir hier im Wald gewesen, fast nie am Strand. Und auch nicht im Dorf. Paula mochte keine Menschenansammlungen.

Sie hatte einmal erzählt, dass sie oben im alten Forsthaus im Wald wohnen würde. Das lag hinter dem Süllberg, irgendwo im Schinckels Park. Es war vielleicht eine Viertelstunde vom Dorf entfernt. Als Kind hatte ich da oft gespielt. Wir hatten den Wald mit seinen Kletterbäumen, Verstecken und Höhlen aus Ästen geliebt. Nachmittage lang war ich dort gewesen. Mit meiner Schwester.

Und mit Pippa.

Pippa, die es auch nie gegeben haben soll.

Ich merkte, wie mir wieder die Tränen in die Augen schossen.

Ich hatte so viele schöne Erinnerungen an die Zeit mit ihr. An die kleinen Boote, die wir aus Hölzern, Blättern und Strandgut gebaut hatten und die wir dann zusammen hatten schwimmen lassen. Und die immer viel zu schnell untergegangen waren. An die Schatzkarten, die wir uns gegenseitig gezeichnet hatten und an dessen Ende immer Süßigkeiten versteckt waren. Und natürlich an den Sommer hier oben im Wald, im Park am Polterberg. Dort musste auch irgendwo das alte Forsthaus sein. Ich überlegte. So weit war ich lange nicht gelaufen, wenn ich spazieren ging.

Ich stand auf und ging einen der kleinen Waldwege entlang. Früher war mir das alles viel dichter, verwachsener und größer vorgekommen. Eigentlich war es kein richtiger Wald, mehr ein Park, der von der Stadt eingeschlossen war. Aber er war kühl und roch wie ein richtiger Wald. Und das war das Wichtigste, der Geruch. Es gab viele verschiedene Bäume, nicht nur Tannen, sondern viele Laubbäume, uralte Eichen und Buchenabschnitte, die rötlich leuchteten, wenn die Sonne durch ihre Äste brach. Je nach Art der Bäume, die wuchsen, war das Unterholz mal dichter und mal kahler.

Ich musste mehrere kleine Hügel überqueren, kleine Treppen auf und ab gehen, rutschte sogar manchmal mit den flachen Schuhen, die ich anhatte, bis der schmale Pfad einen etwas breiteren Weg kreuzte. Das musste der Falkentaler Weg sein, an dem auch das Forsthaus lag. Er verlief quer durch den Park und verband die Elbe mit den Häusern hinter dem Park.

Es war still hier oben. Man hörte nichts von der Stadt. Die großen Bäume schienen alle Geräusche zu schlucken. Ab und zu sah ich aus der Entfernung jemanden, der mit seinem Hund unterwegs war oder joggte. Kinder waren schon alle im Bett.

Ich dachte an Mona. Morgen Abend würden es vier Tage sein. Wenn sie lebte, dann musste sie gefunden werden. Lange würde sie das nicht mehr schaffen.

Der Weg machte einen Bogen und lief auf eine größere Treppe zu, die zurück ins Dorf nach unten an die Elbe führte. Hier müsste das Forsthaus irgendwo sein. Ich erinnerte mich an den Blick, den man von hier aus hatte. Oft hatte ich mit Pippa auf der obersten Treppenstufe gesessen. Man konnte durch die alten großen Buchen bis auf die Elbe runter und auf das andere Ufer sehen. Ich blickte mich um. Inzwischen war es fast dunkel geworden.

Hoffentlich war Paula zu Hause. Ich wollte nicht wieder zurück zu Benjamin. Ich wollte ihn nicht sehen. Er hatte mich enttäuscht und hintergangen. Wie konnte er so etwas über mich denken?

Ich könnte sicherlich bei Paula übernachten.

Wo war dieses Forsthaus? Ich war mir ganz sicher, dass es hier gewesen sein musste.

Ich lief den Weg noch einmal ein Stück zurück und blickte links und rechts in den Wald. Ich musste die Augen zusammenkneifen, damit sie sich schneller an die Dunkelheit zwischen den Bäumen gewöhnten und ich die Einzelheiten zwischen den grauen Stämmen erkennen konnte.

Aber da war kein Forsthaus. Es war ein altes, kleines Holzhaus gewesen, das grüne Türen und Fensterläden hatte. Und es hatte eine große Futterstelle für Rehe gegeben, direkt neben dem Haus. Ich hatte mit Pippa dort oft gewartet und gehofft, dass wir einmal ein Reh sehen würden, aber das war nie passiert. Wahrscheinlich gab es hier gar keine mehr.

Nichts.

Es gab keine Hütte.

Ich blieb stehen. Hatte ich mich geirrt? War es an einer anderen Stelle im Park gewesen?

Was sollte ich jetzt machen? Zurück nach Hause wollte ich nicht. Ich wählte Paulas Nummer.

Sie ging nicht ran.

„Kann ich Ihnen helfen?" hörte ich plötzlich eine Stimme hinter mir.

Ich drehte mich um. Ein alter Mann war die Treppe vom Dorf her hochgekommen. Er hatte einen grauen Hut schief auf dem Kopf sitzen und rauchte Pfeife. Sein Bauch spannte unter einem braunen Jancker. Hinter ihm lief in einigem Abstand ein Rauhaardackel, der genauso dick wie sein Herrchen war, so dass sein Bauch den Boden berührte und einen winzigen Berg an Laub vor sich herschob.

„Ich suche das alte Forsthaus." Ich zeigte auf den Wald hinter mir. „Ich war mir sicher, dass es hier irgendwo sein müsste, aber ich kann es nicht finden."

„Sie haben recht, junge Frau", sagte der Alte. „Hier oben hat es tatsächlich einmal ein Forsthaus gegeben. Es stand dort." Er zeigte auf eine kleine Fläche links von mir zwischen den Bäumen. „Es wurde vor etwa zehn Jahren abgerissen. Bei einem Sturm ist ein Baum auf das alte Haus gefallen."

„War es denn noch bewohnt?"

„Nein, das war es schon lange nicht." Der Dackel war inzwischen bei seinem Herrchen angekommen und wartete geduldig neben ihm.

„Und gibt es hier noch andere Forsthäuser?"

„Nein, nicht, dass ich wüsste. Und ich wohne hier schon sehr lange. Drüben im Falkensteiner Wald gibt noch so eine kleine Hütte, aber das ist bestimmt noch einmal eine Stunde Weg dorthin."

„Nein, das kann es nicht sein."

Der Mann nickte zum Abschied, nahm einen kräftigen Zug aus seiner Pfeife, dann liefen er und der Dackel in die Dunkelheit.

Ich blickte ihnen nach. Irgendwie machte mir der Wald plötzlich Angst.

Ich ging die Treppe nach unten ins Dorf. Ich würde an der Elbe zurücklaufen.

Es war windstill und ruhig, als ich unten an der Elbe ankam. Es musste inzwischen spät sein. Ich suchte mein Handy in der Manteltasche. Paula hatte nicht zurückgerufen. Dafür hatte Benjamin mehrfach angerufen. Ich wollte ihn nicht sprechen. Nicht nachdem er mich so verraten hatte.

Das Haus meines Großvaters! Ich hatte es völlig vergessen! Es stand gerade leer und wurde renoviert.

Das war die Lösung. Dort könnte ich über Nacht bleiben. Ich kramte hektisch in meiner Hosentasche und fand meinen Schlüsselbund, an dem sich auch ein Schlüssel zu dem kleinen Kapitänshaus befand.

Das Zuhause meiner Großeltern war noch winziger als das, in dem Benjamin und ich wohnten. Es befand sich unmittelbar in der Nähe des alten Hafens ins Blankenese. Wir hatten es die ganzen letzten Jahre vermietet, aber es musste dringend überholt werden. Die Elbe kroch das Mauerwerk hinauf, der Keller war schon seit Jahren unbenutzbar, und die Feuchtigkeit musste aus den Wänden gebracht werden. Wir hatten lange dafür gespart und auch einen Kredit aufnehmen müssen, denn das alte Kapitänshaus stand unter Denkmalschutz und durfte nicht abgerissen werden. Benjamin hatte sich bisher um alles gekümmert. Die Renovierung sollte in den nächsten Wochen beginnen.

Dort könnte ich unterkommen.

Zurück zu Benjamin würde ich auf keinen Fall gehen.

Es war ein kleines rotes Haus mit blauem Fachwerk und einem Reetdach. Links ragte ein langer Kamin aus dem Reet heraus. Als Kind hatte ich mir immer vorgestellt, dass das der Arm des Gebäudes war, den es zum Gruß hob. Im Reetdach befand sich nur ein kleines Fenster. Das Erdgeschoss stand zur Hangunterseite auf

Pfeilern, die ebenfalls blau waren. Man kam über eine steile, kleine Treppe zur Eingangstür. Der Garten war winzig. Früher hatte mein Großvater hier ein Gemüsehochbeet gehabt. Bei ihm hatte ich das erste Mal in meinem Leben gesehen, wie Kartoffeln und Karotten wuchsen. Das Hochbeet gab es nicht mehr. Der Garten bestand eigentlich nur noch aus wilden Bodendeckern und der Grundstückshecke, die unbändig Jahr für Jahr höher wuchs.

Als ich die Haustür aufschloss, stieg mir sofort der modrige Geruch in die Nase. Es war der Keller, die Elbe, die sich dort in den Wänden festgesetzt hatte. Und es war der gleiche Geruch, den ich seit Tagen immer wieder wahrgenommen hatte. Der Geruch, der mich an etwas erinnerte.

Ich stieg in das obere Stockwerk und öffnete das kleine Fenster im Dach, das zum Hafen hinausging. Eine Spinne, die ihr Netz davor gespannt hatte, lief hektisch in das Reet des Daches. Es hatte eine tiefgraue Farbe. Es musste so alt wie das gesamte Haus sein. In dieser Straße gab es noch viele kleine Häuser, die mit Schilfrohr gedeckt waren. Bei anderen Dächern im Viertel hatte man dieses irgendwann gegen normale Dachziegel ausgetauscht, als das Reet hinfällig gewesen war. Dass es überhaupt so lange gehalten hatte!

Als ich die Spinnen und den Zustand des Daches sah, verstand ich, warum Benjamin gesagt hatte, dass auch wir bei der Renovierung darüber nachdenken sollten, es neu decken zu lassen. Es war modrig, und an manchen Stellen wuchsen ganze Pflanzen und kleine Bäume auf ihm.

Das ganze obere Stockwerk bestand aus nur einem einzigen Raum, in den eine kleine Stiege aus dem unteren Teil des Hauses führte. Die Dielen knarrten so laut, dass man Angst hatte, man würde beim nächsten Schritt in das Erdgeschoss brechen. Aber mein Großvater hatte mir einmal Bilder gezeigt, wie das Haus gebaut wurde. Es mussten einige der ersten Schwarzweißfotografien überhaupt gewesen sein. Auf den Bildern konnte man erkennen, dass ganze Eichenstämme beim Bau der Stockwerke verwendet wurden. Mein Großvater hatte immer gesagt, die würden in fünfhundert Jahren nicht brechen.

Ich blickte mich in dem Raum um. Eine Couch und ein Stuhl standen hier. Die Mieter hatten auch noch ein paar andere alte Möbelstücke dagelassen, die ich schon im Erdgeschoss gesehen hatte. Sie müssten entsorgt werden, hatte Benjamin noch vor ein paar Tagen genervt erzählt. Jetzt war ich froh, dass sie hier waren. Ich nahm mir einen Stuhl und setzte mich vor das Fenster. Von hier konnte man auf die Elbe sehen. Ein riesiges Kreuzfahrtschiff ließ die Begrüßungssirene ertönen, als es vorbeifuhr.

Irgendwo da draußen war auch Mona.

Und Paula.

Und irgendwie auch meine Schwester und Pippa.

Was war, wenn es Pippa wirklich nicht gegeben hatte?

Was war, wenn Frau Dr. Remscheid recht hatte?

Aber wieso konnte ich mich dann nicht daran erinnern?

Es mussten sich alte Fotos von uns finden lassen. Oder andere Aufzeichnungen. Ich hatte als Kind Tagebuch geschrieben. Das musste es doch noch geben. Vielleicht in den Kisten auf dem Dachboden?

Was war, wenn Pippa tatsächlich nur eine Einbildung war, die ich aus Schmerz über den Verlust meiner Schwester entwickelt hatte? Und was hatte es damit auf sich, dass Pippa sich verändert haben sollte und einen schlechten Einfluss auf mich gehabt hatte?

Was war damals passiert?

An die Zeit, in der wir gespielt hatten, konnte ich mich erinnern, aber an etwas Negatives, das mit Pippa zusammenhing, nicht.

Meine Eltern!

Sie könnten mir sicherlich weiterhelfen!

Ich sprach nur sehr selten mit meinen Eltern. Sie waren vor ein paar Jahren in die Schweiz gezogen. Die Familie meines Vaters kam von dort. Sie hatten Hamburg schon immer verlassen wollen, erst recht nach dem Tod meiner Schwester. Aber bis ich groß geworden war und anfing zu studieren, hatten sie mit dem Umzug gewartet. Ich besuchte sie sehr gerne dort. Ich mochte die Schweiz mit ihren so eigenwilligen, aber liebenswerten Menschen.

Ich blickte auf die Uhr. Es war spät, aber ich musste wissen, was es mit Pippa auf sich hatte.

„Mama?“

„Clara! Ist alles in Ordnung?“ Es raschelte im Hintergrund. Ihre Stimme klang leise. Sie machte sich Sorgen, das hörte ich sofort. Ich rief nie um diese Uhrzeit an. Wahrscheinlich waren sie schon zu Bett gegangen.

„Ja, nein ... Tut mir leid, dass ich so spät noch anrufe. Ihr habt schon geschlafen, oder?"

„Fast." Sie log, das wusste ich.

„Ich muss dich etwas Wichtiges fragen."

„Was denn?" Ich hörte, wie mein Vater im Hintergrund fragte, was denn los sei.

„Kannst du dich noch an meine Freundin Pippa erinnern?" Als ich nichts hörte, fügte ich noch hinzu: „Als ich noch ein Kind war, sie war einen Sommer hier zu Besuch. Sie ist verunglückt. Auf der Elbe."

„Clara ..." Die Stimme meiner Mutter klang sehr ernst. „Wie kommst du auf einmal wieder auf Pippa? Ich dachte, das Thema sei abgeschlossen."

„Was für ein Thema?"

„Du hast fast zwanzig Jahre nicht über Pippa gesprochen." Ich hörte, wie ihre Stimme zitterte.

„Hat es Pippa wirklich gegeben?"

„Ich kann nicht glauben, dass du mich das fragst, Clara." Sie sagte das nicht genervt, sondern irgendwie verzweifelt.

Es war einen Augenblick still am Telefon.

„Pippa hat es nie gegeben. Du hast sie dir eingebildet. Sie hat dir geholfen, den Tod deiner Schwester zu verarbeiten."

Ich schluckte. Also doch. Frau Dr. Remscheid hatte recht.

„Wir haben damals so oft darüber gesprochen. Und du warst ja auch in Therapie." Ich merkte, dass meine Mutter das Gespräch sehr aufwühlte. „Wir waren damals nach Abschluss der Therapie sicher, dass dir bewusst war, dass es Pippa nie gegeben hat. Du hast das auch selber gesagt. Immer wieder." Es klang wie eine Rechtfertigung. Es musste damals sehr schwer für meine Eltern gewesen sein. Sie hatten nicht nur ihre jüngste Tochter verloren, anscheinend hatte auch ich ihnen noch jahrelang große Sorgen gemacht. Ich konnte verstehen, dass sie sich einen Neuanfang außerhalb von Hamburg gewünscht hatten.

„Ich kann mich nicht mehr erinnern." Ich dachte nach. „Irgendwie ist diese Zeit aus meinen Erinnerungen verschwunden."

„Wir haben all die Jahre nicht mehr darüber gesprochen, weil wir froh waren, dass diese Zeit vorbei war."

Ich musste das verdrängt haben. Ich musste die ganzen Gespräche und den Abschluss der Therapie verdrängt haben. Ich hatte nur das behalten, an was ich mich erinnern wollte.

Wieso täuschte mich mein Gedächtnis so?

Das machte mir Angst.

„Wie kommst du so plötzlich auf Pippa?" Ich hörte, wie mein Vater im Hintergrund etwas sagte. Auch er schien aufgebracht. Ich konnte aber nicht verstehen, was er sagte.

„Ich weiß nicht", log ich. Ich wollte ihr nicht auch noch erzählen, was passiert war. Ich wollte nicht, dass sie sich noch mehr Sorgen machten.

„Clara, ist wirklich alles in Ordnung?"

„Ja. Ich muss jetzt auflegen."

„Clara?"

„Bis bald, Mama. Grüß Papa."

12

Pippa gab es nicht. Hatte es nie gegeben. All die Erinnerungen an sie waren nicht echt.

Wie konnte so etwas passieren? Wie konnte mir mein Gedächtnis so etwas antun? Ich war doch eine erwachsene Frau. Eine Therapeutin noch dazu.

Mir wurde schlecht.

Wenn es Pippa nicht gab, was war dann mit Paula?

Nein. Das konnte und durfte nicht sein!

Ich atmete durch. Warum sollte ich mir Paula einbilden? Dafür gab es keinen Grund. Der Tod meiner Schwester war lange her. Dass ich mir damals eine Ersatzfreundin für meine Schwester ausgedacht habe, war vielleicht noch nachvollziehbar.

Aber heute?

Ich hatte Freundinnen.

Und keinen Menschen verloren.

Ich dachte an Mona. Ihre Mutter war gestorben. Das war der einzige Todesfall, von dem ich in den letzten Wochen gehört hatte. Und ja, mich hatte dieser Fall sehr mitgenommen. Und an den Tod meiner Schwester und auch an Pippas Tod erinnert. Aber ich konnte mir doch nicht deswegen eine Person einbilden.

Warum erreichte ich Paula auch nicht? Dann könnte sich vielleicht alles ganz schnell aufklären.

Ich starrte auf mein Handy.

Warum rief sie nicht zurück?

Wann hatte ich Paula kennengelernt? Das musste vor ungefähr drei Monaten gewesen sein. Ungefähr in der Zeit, in der auch Mona bei mir die Therapie anfing.

War das Zufall?

Aber ich hatte Monas Mutter nicht gekannt. Monas Mutter hatte mir nicht nahegestanden. Ihr Tod konnte mich doch nicht an den meiner Schwester erinnern.

Oder doch?

Ich lehnte mich zurück.

Paula und Mona waren zur gleichen Zeit in mein Leben getreten. War das Zufall oder nicht?

Der Gedanke machte mich ganz unsicher.

Paula wohnte nicht in dem Forsthaus. Aber vielleicht hatte ich das auch falsch verstanden.

Es musste doch noch jemand hier im Dorf Paula kennen! Dass Benjamin niemanden gefunden hatte, war kein Beweis. Vielleicht hatte er das auch nur behauptet. Das würde ich selber herausfinden. Paula musste ja hier einkaufen, und auch ihre Muschelketten bot sie in den Geschäften unten am Strand an. Es musste sie einfach jemand kennen!

Es konnte nicht viel gewesen sein, aber ein paar Stunden hatte ich in der Nacht dann wohl doch geschlafen. Zum Glück war es nicht sehr kalt gewesen. Das Haus war zwar zugig und die Heizung abgeschaltet, aber meine Jacke hatte mich warm gehalten. Außerdem schienen die Ereignisse des Tages mich ziemlich geschafft zu haben, so dass ich schnell eingeschlafen war. Ich war immer wieder aufgewacht, weil mein Telefon vibriert hatte. Benjamin hatte die ganze Nacht über versucht, mich anzurufen. Aber ich wollte nicht mit ihm sprechen. Noch nicht.

Aber heute würde ich das tun. Ich würde ihn zur Rede stellen. Ich würde ihn fragen, warum er mich hinterging. Wer die Frau oben auf dem Süllberg gewesen war. Was es mit der Regenjacke auf sich hatte. Und warum er mit meiner alten Therapeutin hinter meinem Rücken sprach.

Ich schaute in meinem Kalender auf meinem Handy und war froh, dass ich an diesem Tag nur eine Therapiestunde hatte. Ich sagte sie ab. Ich musste erst einmal wieder Ordnung in mein Leben bringen.

Ich schloss das Haus hinter mir ab. Ich hoffte, dass mich niemand sehen würde. Als Kindertherapeutin hier im Dorf hatte ich einen Ruf zu verlieren. Und außerdem wollte ich auch nicht, dass irgendjemand erfuhr, was gestern passiert war und wie es um die Beziehung zwischen mir und Benjamin stand.

Die Bäckerei war voll. Es musste gerade die erste große Pause sein. Eine Gruppe Schüler suchte sich Süßigkeiten aus, und das dauerte eine Weile. Ich beobachtete die Kinder. Jedes wählte einzeln verschiedene kleine Teile aus, die die Frau hinter der Theke mit stoischer Ruhe und Geduld in kleine Papiertüten packte und abkassierte.

Ich musste an Mona denken. Wie ging es ihr? Lebte sie noch?

Heute Abend würden es vier Tage sein.

Ich mochte diese Bäckerei sehr. Es war noch eine dieser Bäckereien, die keinen Ketten angeschlossen waren. Die Brötchen, Kuchen und Torten schmeckten wunderbar und wurden alle im Haus hergestellt. Die Backstube lag direkt hinter dem Verkaufsraum und überzog die ganze Straße mit einem frischen Geruch nach Gebackenem.

Ich kaufte ein Zimtbrötchen und einen Kaffee und wartete, bis alle Kinder den Laden verlassen hatten. Ich kannte die beiden Frauen, die hier kassierten. Eine von ihnen war die Tochter des Bäckermeisters.

„Hat man Mona schon gefunden?“ Ich wollte nicht direkt auf Paula zu sprechen kommen.

„Nein.“ Die junge Frau schüttelte den Kopf. „Immer noch nicht.“ Sie holte ein Blech mit frischen Mini-Pizzen aus dem Ofen. „Wer tut nur so etwas?“ Der Geruch nach süßem Gebäck vermischte sich mit dem von Herzhaftem.

„Vielleicht ist es auch ein Unfall gewesen.“

„Das glaube ich nicht.“ Sie sah mich an. „Man hat Mona mit einer Person gesehen. Und diese hat sich immer noch nicht gemeldet. Das ist ihr Mörder. Da bin ich sicher.“

Ich musste an die Regenjacke von dem Foto denken. Hatte Benjamin doch etwas damit zu tun? War er derjenige, der mit Mona am Strand gewesen war?

„Kennen Sie eine Frau namens Paula?“

Die junge Bäckerin hielt inne. „Wie alt ist sie?“

Ich überlegte. Das wusste ich nicht. Ich hatte Paula das nie gefragt. „In etwa so alt wie ich.“ Das musste stimmen. Ungefähr zumindest.

„Hmm.“ Sie schaltete den Ofen ein. Das Licht ging an. „Wie heißt sie denn mit Nachnamen?“ Dann tippte sie etwas auf dem Bedienfeld links des Automaten.

„Das weiß ich gar nicht.“ Er jetzt fiel mir auf, wie unsinnig die Suche war, wenn ich nicht einmal ihren Nachnamen wusste. Dass ich sie das aber auch nie gefragt hatte!

„Sie ist neu hierher gezogen. Vielleicht seit drei Monaten wohnt sie hier." Ich blickte die Frau hilfesuchend an. „Sie ist meine Freundin. Und ich suche sie."

„Noch jemand, der verschwunden ist?" Die Frau blickte mich mit großen Augen an.

„Sie hat rötliche, lange Haare, ist schlank und trägt gerne lange Ketten aus Perlen und Muscheln." Ich versuchte mir das Bild von Paula ins Gedächtnis zu holen. „Man kann sie eigentlich nicht übersehen. Sie verkauft unten in den Souvenirläden ihren Muschelschmuck."

„Nein. Eine solche Frau habe ich hier noch nicht gesehen." Die junge Frau schien sich ziemlich sicher zu sein.

„Trotzdem danke." Ich nahm meinen Kaffee und ging die Treppe zur Elbe hinunter. Die ersten Souvenirläden und Fischbrötchenbuden an der Promenade hatten schon auf. Touristen kamen immer, fast das ganze Jahr. Es würde ein schöner Tag werden. Die Luft roch salzig. Hier müsste doch jemand Paula kennen.

Ich fragte in drei verschiedenen Läden nach. Keiner hatte Paula jemals gesehen, geschweige denn eine ihrer Muschelketten verkauft. Die seien alle aus China, hatte der letzte Verkäufer versichert. Mit der Elbe hätten die nichts zu tun.

Ich setzte mich auf die Steine, die zur Elbe runtergingen. Ein paar Möwen zankten sich um etwas, das aussah wie ein Brötchen. Sie schrien gehässig.

Wenn es Paula wirklich nicht geben würde, dann wäre das eine Katastrophe. Als Therapeutin konnte ich mir doch keine Menschen einbilden.

Ich atmete tief durch.

Benjamin, die Frauen vom Bäcker und die Verkäufer der Souvenirläden kannten sie nicht. Ich wusste keinen Nachnamen von ihr, kein Alter und keine Adresse.

Ich vergrub meinen Kopf in meine Hände.

Bitte lass das nicht wahr sein!

„Clara!"

Ich zuckte zusammen. Und drehte mich um.

Paula.

Da stand sie. Vollkommen lebendig und vollkommen real und winkte mir zu. Sie lachte und schien sich zu freuen, mich zu sehen. Sie hatte ihr langes grünes Kleid an, an dem unzählige kleine Perlen baumelten und im Wind klirrten. Heute trug sie einen großen Hut, der ihr Gesicht fast ganz verbarg. Er stand ihr ausgezeichnet. Sie war wirklich eine Erscheinung. Ich konnte nicht verstehen, dass niemand sich hier an sie erinnern konnte.

Ich winkte zurück. Sie balancierte geschickt über die Steine und setzte sich neben mich.

„Guten Morgen", lachte sie mich an. „Du bist aber früh unterwegs."

„Du auch."

Sie nickte und zeigte auf ihre kleine Tasche. „Alles Elbgut. Gerade gefunden." Sie schien zufrieden. „Daraus werden hübsche Ketten."

Sollte ich sie fragen, wo sie die Ketten genau verkaufen würde?

Nein, es war gerade so schön. Ich wollte ihr nicht nachspionieren.

Ich war froh, dass sie da war.

„Was ist los?“ Sie blickte mich von der Seite an. „Du siehst nachdenklich aus.“

„Ich habe mich mit Benjamin gestritten.“ Ich trat mit dem Fuß gegen einen kleinen Stein, der vor mir lag. Er kullerte unter einen großen anderen Stein. Es erklang ein merkwürdig dumpfes Geräusch, als er unter ihm verschwand.

„Oh ...“ Paula schob ihren Hut ein wenig nach hinten, so dass ich mehr von ihrem Gesicht sehen konnte. „Weswegen?“

„Deinetwegen.“

„Um was ging es?“

„Ach Paula ...“ Ich stockte. „Ich weiß gar nicht, wie ich dir das sagen soll.“

„Sag es einfach.“ Paula legte einen Arm um mich. „Ich bin deine Freundin. Das weißt du doch.“

„Ja. Und darüber bin ich auch sehr froh.“ Ich holte tief Luft. „Benjamin glaubt, dass es dich nicht wirklich gibt.“ Und dann erzählte ich ihr noch, was Frau Dr. Remscheid und ihre Tochter mir zu offenbaren versucht hatten.

Paula starrte mich an. Ich versuchte in ihrem Gesicht zu lesen, was in ihr vorging. Wenn sie eine Einbildung war, müsste dann nicht jetzt irgendetwas Ungewöhnliches passieren?

Sie sagte nichts.

Dann wandte sie sich ab und blickte zur Elbe.

Die Sekunden kamen mir wie Stunden vor.

Dann blickte sie mich an. „Du weißt doch, dass das Quatsch ist, oder?“ Ihr Blick war ernst.

„Natürlich weiß ich das." Ich lachte ein wenig und merkte selber, wie verrückt meine Vermutung für Paula klingen musste.

„Gut", sagte Paula. „Dann will ich dir jetzt mal etwas sagen." Sie setzte sich aufrecht hin. „Ich glaube, dass Benjamin dich loswerden will." Ich konnte die Entrüstung in ihrer Stimme hören. „Ich glaube, dass dein Mann irgendwie Dreck am Stecken hat. In irgendwas verwickelt ist oder eine andere Frau hat." Paula war aufgesprungen und gestikulierte wild mit den Armen. „Und da haben die sich so ein Lügenkonstrukt aufgebaut, um dich einzuschüchtern!"

„Aber die Therapeutin ...?"

„Der hat sie gekauft!" Sie fasste mich am Arm. „Clara, die wollen dich aus der Fassung bringen, kaputt machen. Das darfst du nicht zulassen!"

Ich dachte daran, dass Benjamins Kanzlei vorgeworfen wurde, durch Korruption an einen großen Auftrag gekommen zu sein. Vielleicht steckte doch mehr dahinter? Vielleicht war Benjamin wirklich gar nicht so unschuldig, wie er tat?

Ich musste auf jeden Fall vorsichtig sein.

Ich blieb noch einen Augenblick an der Elbe sitzen, als Paula schon gegangen war. Ich hatte ihr hinterher geschaut, bis sie unter den Bäumen verschwunden war. Noch lange hatten ihre roten Haare geleuchtet, obwohl ihr grünes Kleid längst mit dem Wald verschmolzen war.

Wenn es Paula gab, dann hatte sie recht, und ich musste vorsichtig mit Benjamin sein.

Wenn es Paula nicht gab, dann hatte Benjamin recht, und ich musste sehr vorsichtig mit Paula sein.

Eigentlich konnte ich keinem von beiden mehr trauen.

Es war zum Verrücktwerden.

13

Ich wollte keine Nachbarn treffen. Ich wollte mit niemandem sprechen. Und ich wollte auch nicht, dass mich jemand so sah. Es durfte sich auf keinen Fall herumsprechen, dass mein eigener Mann vermutete, dass ich schizophren war. Ich musste erst einmal klären, was mit mir war.

Und mit Benjamin.

Und Paula.

Und Mona.

Deshalb lief ich nicht die Straße zu unserem Haus hinauf, sondern nahm die kleine Flashoffs Treppe, die hinter unserem Haus an unserem Garten vorbeiging. Es war eine verwinkelte, schmale Treppe, die links und rechts von einer Natursteinmauer eingegrenzt wurde. Man stieg in ihr wie in einem Tunnel auf. Die Büsche, die zu beiden Seiten auf der Mauer wuchsen, waren über Jahre so hoch und breit geworden, dass die Treppe fast vollkommen im Dunkeln lag. Überall sah ich dicke, schwarze Schnecken, die die Stufen kreuzten. Es war der ideale Aufgang, um unbehelligt zu unserem Haus zu kommen.

Bevor ich die kleine Gartenpforte öffnete, schaute ich mich vorsichtig um. Es sah alles so wie immer aus. Aber das täuschte. Die heile Welt war zerbrochen.

Benjamins Wagen stand vor dem Haus. Er musste also da sein. Und neben seinem Auto stand der Wagen von Herrn Baumgartner.

Hatte Benjamin die Polizei gerufen, weil ich verschwunden war?

Ich konnte leise Stimmen hören. Draußen unterhielt sich jemand.

Langsam öffnete ich die Pforte und schlich links am Haus vorbei. Dort stand die kleine Gartenhütte. Zwischen Garten- und Wohnhaus gab es einen kleinen Weg aus alten Steinplatten, der bis zum Eingang führte. In manchen der Steinplatten gab es Gravuren. Ich hatte schon immer vermutet, dass es sich bei den Platten um alte Grabsteinstücke handelte. Sie waren feucht und moosig. Ich musste aufpassen, dass ich nicht fiel und so auf mich aufmerksam machte.

Ich traute mich nicht, um die Ecke zu blicken. Aber ich konnte Herrn Baumgartner jetzt ganz deutlich hören. Er sprach mit Benjamin. Sie waren nur wenige Meter von mir entfernt.

„Es sind definitiv nur zwei Stimmen auf der Aufnahme", hörte ich Herrn Baumgartner sagen. „Die von Mona und die von Ihrer Frau."

Was war mit der Stimme von Paula?

Auch sie war am Schluss auf der Aufnahme zu hören gewesen. Ich erinnerte mich genau daran. Mona und Paula hatten an der Tür gestanden und sich unterhalten, während Mona sich die Schuhe angezogen hatte. Zwar hatte ich später auf der Aufnahme nicht mehr verstehen können, was die beiden an der Tür gesprochen haben, aber es musste für die Polizei doch möglich sein, dies herauszufiltern.

„Sie stehen am Schluss der Aufnahme hier vor der Tür. Man hört sogar noch, wie die Tür geschlossen wird und jemand von außen abschließt. Dann entfernen sich ihre Stimmen."

„Ich verstehe." Benjamins Stimme klang besorgt.

Was sollte das heißen?

„Die Aufnahme läuft dann noch einen Augenblick weiter", sagte Herr Baumgartner. „Wir nehmen an, dass Ihre Frau einfach vergessen hat, die Aufnahme zu stoppen."

Das konnte gut sein. Das passierte mir immer wieder.

„Was ist mit dieser Paula, von der meine Frau erzählt hat?"

„Es ist keine dritte Stimme auf der Aufnahme. Wir haben das zu hundert Prozent nachweisen können. Vielleicht hat sich Ihre Frau da getäuscht. Und diese Paula war an einem anderen Tag da."

„Dann war Clara definitiv die Letzte, die mit Mona gesprochen hat?"

„Ja, davon müssen wir ausgehen. Umso wichtiger ist es auch, dass wir sie finden und mit ihr sprechen. Herr Grimaldi, ich sage es nur ungern, aber wir gehen davon aus, dass Ihre Frau auch die Person auf dem Foto vom Strand ist. Sie besitzt die gleiche Regenjacke. Und auch die Stiefel sind identisch. Mal abgesehen von Figur und Größe, die wir zwar nur ungefähr abschätzen können, die aber auch übereinzustimmen scheinen. Wir müssen Ihre Frau finden." Er unterbrach sich kurz und fügte dann hinzu: „Sie ist zurzeit unsere Hauptverdächtige."

„Herr Baumgartner", Benjamin antwortet so leise, dass ich genau hinhören musste, „ich muss Ihnen etwas über Clara erzählen."

„Ja?"

„Kommen Sie doch rein." Dann hörte ich, wie die Haustür geschlossen wurde. Ihre Stimmen verstummten.

Nein.

Nein.

Nein!

Was erzählte Benjamin ihm jetzt? Dass ich mir Menschen einbildete?

Ich musste ihn aufhalten.

Aber dann würden sie mich verhaften.

Ich war doch unschuldig.

Oder?

Ich setzte mich hinter das Gartenhaus zwischen den schmalen Gang zum Haus. Hier konnte mich niemand sehen.

Ich versuchte einen klaren Gedanken zu fassen.

Wenn ich mir Paula einbildete, dann war ich die letzte Person, die mit Mona zusammen war. Und dann war auch das Ende der Therapiesitzung ein anderes, als ich es in Erinnerung hatte. Wenn ich mich daran falsch erinnerte, dann konnte ich auch nicht sagen, ob ich nicht doch die Person mit Mona am Strand war.

Ich zitterte.

Es drehte sich alles um mich.

Eine halbe Stunde später verließ Herr Baumgartner das Haus und fuhr davon.

Ich wartete noch ein paar Minuten, dann stürmte ich hinein.

Benjamin stand im Wohnzimmer und blickte aus dem Fenster. Er starrte mich an, als ob ich ein Geist wäre. „Gott sei Dank. Dir ist nichts passiert. Wo warst du?"

„Du hast mich verraten. Und belogen." Meine Stimme versagte. Ich stand vor ihm. Ich liebte ihn so sehr. Wie hatte das nur so weit kommen können!

„Nein, Clara." Benjamin stand nun direkt vor mir. „Du hast das völlig falsch verstanden."

„Was soll ich da falsch verstehen?" Ich merkte, wie mir die Tränen in die Augen stiegen. Hatte ich mich wirklich all die Jahre so in ihm getäuscht?

„Bitte setz dich. Ich möchte dir das alles erklären."

„Ich kann mich nicht setzen. Ich bin total aufgewühlt. Ich weiß nicht, was hier passiert."

„Ich weiß, dass das alles sehr schwer für dich ist."

„Woran du einen nicht ganz unerheblichen Anteil trägst", fügte ich sarkastisch hinzu.

Benjamin hob die Hände. „Clara, als ich mir sicher war, dass es Paula nicht gibt und dann Mona verschwand, habe ich Angst bekommen, dass du damit etwas zu tun hast. Ich habe an dem Abend deine gelbe Regenjacke gefunden ... Die von dem Foto. Sie war voller Sand und nass. In den Taschen waren Muscheln."

Was erzählte er da? Daran erinnerte ich mich nicht.

„Clara, ich wollte Zeit gewinnen, damit du Mona finden kannst, und damit du erkennst, dass es Paula nicht gibt." Er zögerte. „Ich wollte dir Zeit geben. Deshalb habe ich die Regenjacke reinigen lassen. Ich habe das für dich getan."

„Du meinst, dass ich etwas mit Monas Verschwinden zu tun habe?" Meine Stimme zitterte.

„Ich weiß es nicht." Er klang verzweifelt. „Aber die Geschichte mit Paula verunsichert mich total. Ich weiß nicht mehr, was ich dir glauben kann und was nicht. Deshalb habe ich mich auch mit Frau Dr. Jacobi getroffen. Sie wohnt oben am Süllberg. Ich habe lange mit ihr über dich gesprochen. Sie hat mich in den Arm genommen. Das musst du gesehen haben ..."

„Paula!" schrie ich ihn an. „Paula hat das gesehen. Nicht ich!"

„Clara", er unterbrach sich, atmete durch und machte ein paar Schritte durch das Wohnzimmer. „Es gibt Paula nicht. Du musst anfangen, daran zu arbeiten. Du musst Mona finden. Mach dich nicht unglücklich. Vielleicht lebt sie noch. Aber höchstens noch ein paar Stunden. Du hast es in der Hand. Finde Mona!"

Ich beobachtete ihn. Er sah besorgt und müde aus. Wahrscheinlich hatte auch er die Nacht über nicht viel geschlafen.

„Herr Baumgartner hat die Aufnahme ausgewertet, die du an dem Nachmittag von der Therapiestunde mit Mona gemacht hast. Es gibt keine Paula auf der Aufnahme. Es sind nur eure Stimmen darauf."

„Dann hört man Paula nicht mehr." Ich schluchzte. „Sie war aber da."

„Da war niemand. Du hast bis zum Schluss mit Mona gesprochen. Ihr wolltet zum Strand, Muscheln sammeln."

Ich konnte mich nicht erinnern.

„Du musst dich bei der Polizei melden, Clara. Und du musst Mona finden. Das hat jetzt oberste Priorität. Du warst die Letzte, die mit ihr zusammen war." Benjamin sah mich an. Seine Stimme klang plötzlich ganz ruhig. „Du kannst und musst sie finden. Und wenn Paula dir dabei helfen muss."

14

Ich stand auf unserer Terrasse. Vor mir die Elbe. Hinter mir Benjamin im Wohnzimmer.

Er telefonierte mit Herrn Baumgartner.

Ich war verdächtig. Ich war sogar die Hauptverdächtige.

Eben hatten zwei Mütter angerufen und die Therapiestunden bei mir abgesagt. Es hatte sich also schon herumgesprochen.

Eine verdächtige Therapeutin.

Die Elbe verschwamm vor meinen Augen. Ich konnte nicht einmal mehr das andere Ufer erkennen. Die Tränen liefen mir einfach über das Gesicht.

Hatte ich Mona etwas angetan? War ich für ihr Verschwinden verantwortlich?

Hinter mir klangen die Muschelketten im Wind. Die Klangspiele von Paula.

Ich drehte mich um und riss sie ab. Jede einzelne Kette. Einzelne Muschelstücke zerbrachen und kullerten über den Boden. Ich schmiss sie auf einen Haufen.

Elbgut.

Wenn es Paula nicht gab, dann war ich wirklich verdächtig.

Ich blickte mich um.

Benjamin drehte mir den Rücken zu.

Und dann lief ich. So schnell ich konnte.

Ich hörte noch, wie er mir nachrief, aber da war ich schon die Treppen runter.

Paula wartete am Strand auf mich. Sie saß auf einem Baumstamm, der schräg ins Wasser ragte. Seine Blätter reichten bei Flut bis ins Wasser. Sie waren braun und nicht so grün wie die, die oberhalb der Wasseroberfläche wuchsen. Es war gerade zunehmendes Wasser. Wie an dem Tag, als Mona verschwand.

Ich konnte es ihr ansehen. Sie wusste Bescheid.

„Paula." Ich blieb vor ihr stehen. Ich konnte spüren, wie Sand in meine Schuhe drang. Er war kalt und feucht.

„Ja, Clara?" Heute lachte sie nicht.

„Du musst mir helfen, Paula." Ich fasste ihre Hände. „Du musst mir helfen, Mona zu finden."

Paula sagte eine Weile gar nichts. Sie schien traurig zu sein.

„Paula?"

„Ich helfe dir, Clara." Sie sah mich an, befreite dann aber ihre Hände aus meinen. „Aber unter einer Bedingung."

„Welche?"

„Benjamin muss weg."

Ich starrte sie an.

„Er muss weg. Nur noch du und ich."

Sie meinte das ernst.

Ich blickte zur Elbe. Und dann zurück zu Paula. Und dachte an Mona.

„Einverstanden."

Paula sprang von dem Baumstamm herunter. Sie hatte keine Schuhe an und landete barfuß im Sand. Der Saum ihres grünen Kleides wurde sofort nass. Das Wasser der Elbe umspülte ihre Füße und hinter ihr den

Stamm des Baumes. Das hatte ich doch vor ein paar Tagen schon einmal gesehen? Ich starrte auf das Wasser, das in kleinen Wellen den dunklen Stamm umschloss.

Paula fasste meine Hände an und führte sie zu meinem Gesicht. Ich roch an ihnen. Sie rochen nach den Muschelketten, die ich eben noch abgerissen hatte. Modrig und salzig. Wie der Keller meines Großvaters. Nach Elbe.

Und plötzlich war sie da.

Die Erinnerung.

Der Geruch.

Das Wasser.

Ich wusste, wo Mona war.

Ich lief den Strand entlang. Ich konnte sie retten!

Mein Telefon vibrierte in meiner Tasche. Es war Benjamin.

„Ich weiß, wo Mona ist!" schrie ich ins Telefon. „Kommt runter an den Hafen!"

Ich lief die ganze Strecke, die Promenade entlang, vorbei an Rentnern, die erschrocken zur Seite sprangen, vorbei an Fischbrötchenbuden und den Souvenirläden.

Meine Füße begannen zu schmerzen. Der Sand in meinen Schuhen rieb zwischen den Zehen.

Bitte lass sie am Leben sein!

Ich sah schon von weitem, dass die Polizei mit Blaulicht am Hafen stand. Nicht nur ein Wagen, sondern fünf. Benjamin musste Herrn Baumgartner sofort angerufen haben.

Auch er war da.

Sie starrten mich an.

„Ich weiß, wo sie ist." Ich versuchte durchzuatmen.

„Wo ist sie?" Herr Baumgartner klang ganz ruhig. Professionell. Ich hätte gerade sowieso keine Chance wegzulaufen. Mindestens fünfzehn Polizisten standen um mich herum. Alle starrten mich an.

„Es gibt einen alten Versorgungsschacht." Ich rang immer noch nach Luft und stützte meine Hände auf die Oberschenkel. „Von einem der Häuser oben an der Elbe. Er wurde früher genutzt, um Waren direkt vom Fluss in die Häuser zu bringen. Damals fuhr man noch mit kleinen Booten vom Hafen bis hierher und brachte Nahrungsmittel, die mit den Schiffen gekommen waren, direkt zu den herrschaftlichen Häusern an der Elbchaussee. Heute werden diese Schächte nicht mehr genutzt. Aber es gibt sie noch. Und sie enden in der Elbe."

„Ich habe noch nie einen solchen Schacht gesehen." Herr Baumgartner klang skeptisch. „Und wir haben von hier bis zum alten Elbtunnel alles immer wieder abgesucht. Mit Spürhunden."

„Ich weiß. Kommen Sie. Ich weiß, wo er ist."

„Frau Grimaldi, bleiben Sie bei uns." Und Herr Baumgartner sagte das in einem Ton, der deutlich machte, was passierte, wen ich eine falsche Bewegung machte.

„Kommen Sie." Ich beschleunigte meinen Schritt. „Der Schacht ist nur bei Niedrigwasser ganz zu sehen. Und zwar bei extremem Niedrigwasser. An dem Tag, an dem Mona verschwand, hatten wir ein solches Niedrigwasser. Danach nicht mehr. So einen Wasserstand gibt es nur sehr selten. In der Nähe des Schachtes kann man gut Muscheln sammeln. Vielleicht ist sie dort hineingeklettert."

„Warum sollte sie das tun?" Benjamin lief direkt neben mir. Ich konnte in seinen Augen so etwas wie Erleichterung sehen. Er schien froh zu sein, dass ich mich erinnern konnte. Wenn er wüsste, dass das nur Paula zu verdanken war.

„Der Schacht ragt wie eine hohe Rohröffnung aus dem Boden der Elbe heraus. Ich kann mich gut an ihn erinnern. Als Kind habe ich dort oft mit meiner Schwester gespielt." Ich verstummte kurz und dachte an Emma. Ich sah, wie sie sich bückte und eine kleine Muschel nach der anderen aufhob und in ihren Kescher legte. Wenn sie eine besonders schöne gefunden hatte, dann hielt sie sie hoch und rief nach mir, um sie mir zu zeigen.

„Wenn das Wasser wieder steigt, dann spült es erst einen Bereich über, der näher am Strand ist. Das Stück mit dem Ende des Versorgungschachtes bleibt noch länger trocken. Es liegt höher, aber auch eben knapp zehn Meter vom Ufer entfernt. Man muss höllisch aufpassen, denn plötzlich ist der Rückweg zum Strand abgeschnitten. Wenn man die Zeit vergisst, dann kann das schnell passierten. Es ist wie bei einem Priel in der Nordsee. Die Strömung ist sehr stark in dem Zwischenstück. Uns ist das als Kind immer wieder passiert, aber wir kannten das alles hier. Wir wussten, wie man schwimmt und welche Stellen flacher waren. Aber wenn Mona nicht aufgepasst hat, dann war es vielleicht zu spät."

„Und Sie meinen, sie ist dann in den Schacht geklettert?“

„Mona ist ein schlaues Kind. Sie hat sich vielleicht nicht getraut, zu schwimmen. Das kann schon sein. Vielleicht hatte sie Angst oder konnte einschätzen, dass die Strömung schon zu stark war, um dort noch durchzuschwimmen. Und der Schacht führt unter dem Fußgängerweg nach oben zu den Häusern an der Elbe. Vielleicht schien ihr das sicherer.“

Inzwischen hatten wir den Strandbereich verlassen und liefen auf dem Fußgängerweg die Elbe entlang Richtung Teufelsbrück. Links ging der Hang steil nach oben. Dort standen die ersten großen weißen Villen. Es waren vielleicht noch fünfzig oder sechzig Meter.

„Wir sind gleich da.“ Ich lief schneller und blickte rechts von mir auf die Elbe. Das Wasser war schon wieder stark angestiegen. Vielleicht war es schon zu spät.

„Woher wissen Sie auf einmal, wo Mona ist?“ Herr Baumgartner versuchte mit mir Schritt zu halten.

„Das erkläre ich Ihnen später.“ Und ich wunderte mich, dass er das so hinnahm.

Als wir die Stelle erreichten, wusste ich, dass es zu spät war. Ich konnte den Schacht nicht mehr im Wasser erkennen. Das Wasser war schon zu weit gestiegen.

Ungeduldig lief ich die Stelle auf und ab. Man erkannte noch am Ufer, wo der Schacht verlief. Eine runde, etwa zwanzig Zentimeter hohe Steinwölbung ragte aus dem Sand hervor. Die Spürhunde hatten ihre feinen Nasen dicht am Boden und suchten den gesamten Bereich ab. Der schmale Strandbereich würde bald völlig überflutet sein. Die Steinwölbung war unauffällig und sicherlich von den Polizisten bei der Suche nach Mona für ein normales Abflussrohr gehalten worden, in das auf gar keinen Fall ein Mensch passte. Dass der Schacht darunter menschenhoch war, konnte man von oben nicht sehen.

Ich starrte auf die Elbe hinaus.

Da war er.

Ich sah ihn.

Der Schacht schaute nur noch wenige Zentimeter aus dem Wasser. Und das in knapp zehn Metern Entfernung vom Ufer. Die Elbe war inzwischen fast bis an die Kaimauer getreten. Nur wer wusste, wo der Eingang zum Schacht war, konnte ihn erkennen. Eine orangefarbige Boje markierte ihn. Er war natürlich eine Gefahr für Boote, die ihn unter der Wasseroberfläche nicht wahrnahmen.

„Da ist er.“ Ich zeigte auf das Wasser und erklärte seine Lage. Es dauerte eine Weile, bis alle ihn gesehen hatten.

„Wir müssen Taucher da reinschicken.“ Herr Baumgartner beauftragte einen Kollegen.

„Es gibt auch die Möglichkeit, von oben in den Schacht zu kommen.“

„Von den Häusern aus?“ Herr Baumgartner zeigte nach oben.

Ich nickte. „Die meisten Schächte wurden irgendwann zugeschüttet, da die Anwohner Angst hatten, dass Einbrecher sie als Zugang zu ihren Grundstücken nutzen konnten. Aber ein paar sind noch erhalten.“

Und dann ging alles ganz schnell.

Der Besitzer des Hauses war nicht da. Er war im Urlaub. Seit zwei Wochen schon. Die Polizei informierte ihn telefonisch, verschaffte sich Zugang zu dem hinteren Teil seines Gartens und fand die Eingangstür in den Versorgungsschacht. Das kleine Gebäude hatte ein kupferfarbenes Dach, war uralt und die Tür mit einem alten schmiedeeisernen Gitter verschlossen. Zu den Seiten hin war das kleine, quadratische Haus offen. Dahinter ging eine Treppe steil bergab. Es gab keinerlei Licht.

Schon als die ersten Polizisten das Gitter erreichten, hörten sie Mona rufen.

15

Mona hatte fast vier ganze Tage in dem Schacht überlebt. Es war ein Wunder. Dieses kleine Mädchen hatte so lange durchgehalten. Der Schacht ging ungefähr zehn Meter in die Tiefe, dann kam ein weiteres Eisengitter. Dahinter saß Mona. Mit ihrem Muscheleimer. Wenige Stufen unter ihr stand die Elbe. Es roch nach vermodertem Erdreich. Die Wände waren feucht und moosig. Wie der Keller meines Großvaters.

Mona hatte ihre Jacke noch an, und auch ihre Schultasche hing ihr noch um den Hals, als die Sanitäter sie nach oben brachten.

Ihr Gesicht war weiß und schmutzig. Ihre hellblonden Haare stumpf und grau.

Sie hatte vier Tage im Dunkeln gesessen. Sie hatte vier Tage lang den Tag und das Sonnenlicht wenige Stufen über sich kommen und gehen sehen und darauf gewartet, dass man sie fand.

Ich saß auf der Polizeistation und weinte. Weinte, weil ich glücklich war, dass Mona noch lebte und ich sie gefunden hatte. Weinte, weil ich sie nicht eher gefunden hatte, obwohl ich es gekonnt hätte. Und weil mir bewusst wurde, dass mit mir und meinem Gedächtnis etwas nicht stimmte.

Ich war schuldig. Und ich schämte mich so sehr dafür.

Die letzten Stunden hatte man mich untersuchen lassen. Von einem Polizeipsychiater. Er hatte mir viele Fragen gestellt. Zu meiner Kindheit, dem Tod meiner Schwester und zu meinen Einbildungen. Nur widerwillig hatte ich Auskunft über Pippa gegeben. Aber mir war bewusst, dass dieses sowieso in meiner Krankenakte stand.

Nach Paula fragte er mich nicht. Herr Baumgartner schien die Informationen von Benjamin noch nicht weitergegeben zu haben, worüber ich sehr froh war.

Trotzdem schien der Psychiater anzunehmen, dass mit mir etwas nicht stimmen würde. Immer wieder befragte er mich bezüglich meiner angeblichen Falschaussage. Warum ich behauptet hätte, ich sei nicht die Person gewesen, die mit Mona am Strand Muscheln gesammelt hatte. Was ich damit bezwecken wollte. Was meine Motive dafür gewesen seien. Ob mir bewusst gewesen sei, dass ich das Finden des Mädchens damit enorm hinausgezögert hatte.

Ich war müde. Aber ich versuchte alle Fragen so gut es ging zu beantworten. Dabei gab es Fragen, deren Antworten ich selber noch nicht wusste. Ich wusste nicht, warum mein Gedächtnis alle Erinnerungen an die letzten Minuten mit Mona gelöscht hatte, und warum eine andere Person hinzugekommen war.

Aber das sagte ich dem Psychiater nicht.

Es würden noch weitere Untersuchungen folgen, das merkte ich. Der Arzt erkannte schnell, dass ich nicht mehr sagen wollte. Er würde das auch so in seinem Bericht schreiben. Dafür kannte ich das Vorgehen zu gut.

Ich hatte Benjamin nach Hause geschickt. Ich konnte seine Nähe nicht ertragen. Ich schämte mich so. Auch ihm gegenüber. Er hatte sich Sorgen gemacht und richtig gehandelt. Er hatte erkannt, dass es Paula nicht gab. Und was hätte er anderes machen können? Er wusste, dass ich etwas mit dem Verschwinden von Mona zu tun hatte. Letztendlich konnte ich ihm sogar dankbar sein. Hätte er mich nicht mit meiner alten Therapeutin konfrontiert, dann hätte ich Mona womöglich nicht mehr gefunden.

„Mona geht es den Umständen entsprechend gut." Herr Baumgartner kam in den Raum, in den man mich gesetzt hatte, und reichte mir einen Plastikbecher mit Kaffee. „Sie ist im Krankenhaus. Sie ist unterkühlt, immer noch, aber sie wird es schaffen."

„Gott sei Dank."

„Trotzdem hätte es keine Sekunde später sein dürfen."

Ich nickte.

„Sie hatte zwei Tage lang noch Essen aus ihrer Brotdose. Wäre das nicht gewesen, dann hätte es anders ausgesehen."

Ich nickte wieder. Die arme Mona. Was sie durchgemacht hatte. Es würde sehr lange dauern, bis sie dieses Trauma verarbeiten könnte. Und dass, wo sie doch gerade erst ihre Mutter verloren hatte.

„Und nun möchte ich noch wissen, wie Sie darauf gekommen sind, wo Mona ist."

„Ich wusste es nicht. Ich hatte nur plötzlich eine Vermutung." Ich würde ihm nichts von Paula erzählen. Dass eigentlich sie mich darauf gebracht hatte.

„Da war so ein Geruch in der Luft, der mich immer wieder an den Keller meines Großvaters erinnerte. Die ganzen Tage schon." Ich blickte Herrn Baumgartner an und versuchte in seinem Gesicht zu lesen, ob er mir glauben würde. „Und dann war da noch dieser Baum, der von der Flut umspült wurde. Das hat mich an den Versorgungsschacht erinnert. Auch er wird vom Wasser umspült. Und auch er riecht so modrig. Als Kind bin ich immer mal in der Nähe des Schachtes gewesen." Ich verstummte, weil ich daran denken musste, dass Mona vier Tage lang in dieser modrigen Luft verbracht hatte.

„Wir haben Mona noch nicht ausführlich sprechen können. Sie muss sich erst ein paar Tage erholen. Aber sie hat uns bestätigt, dass Sie nichts mit ihrem Verschwinden zu tun hatten." Er stand auf. „Bitte entschuldigen Sie. Sie können jetzt nach Hause." Er gab mir die Hand. „Ich habe Ihren Mann bereits angerufen. Er holt Sie ab."

16

Benjamin und ich sprachen die nächsten Tage kaum miteinander. Und wenn, dann nur das Nötigste, höfliche und eigentlich überflüssige Floskeln, die wir uns zuwarfen und die auf dem Weg zum anderen schon inhaltslos in der Luft verhallten. Wenn wir einander begegneten, dann schoben wir uns in unserem winzigen Haus aneinander vorbei, ohne uns zu berühren oder anzusehen. Und jeder von uns spürte diese Stimmung, die unerträglich und zum Zerreißen gespannt war.

Aber durchbrechen konnte ich sie nicht.

Und er auch nicht.

Mir war bewusst, dass ich den Anfang hätte machen müssen. Nach all dem, was geschehen war. Aber ich fand ihn einfach nicht.

Und so gingen wir uns immer mehr aus dem Weg, standen zu unterschiedlichen Zeiten auf, kamen zu unterschiedlichen Zeiten abends zurück, hatten schon ohne den anderen gegessen, noch Termine oder etwas zu tun. Und so gab es immer weniger Momente, in denen wir uns aneinander vorbeischieben und uns hätten berühren oder ansehen können, es aber nicht taten.

Ich konnte nicht sagen, warum ich es nicht schaffte. Vielleicht weil ich mich schämte oder weil ich zu stolz war, zuzugeben, dass ich mir als erwachsene Frau und Therapeutin einen Menschen eingebildet hatte, eigentlich Hilfe bräuchte, diese aber nicht wollte. Oder weil ich es mir nicht eingestehen konnte, dass Benjamin recht gehabt und richtig gehandelt hatte. Vielleicht war es auch eine Mischung aus beidem.

Benjamin schien immer noch sehr viel Stress in der Firma zu haben. Die Korruptionsvorwürfe waren inzwischen an die Presse gelangt, und die Kanzlei musste mit harter Kritik umgehen. Deshalb, so sagte er, fuhr er früh zur Arbeit und kam spät wieder. Und so viel ich wusste, ermittelte auch die Polizei weiterhin gegen die Kanzlei. Und auch der Mord an Maja, der Mutter von Mona, war noch nicht aufgeklärt.

Ich hatte zweimal mit Herrn Benjes gesprochen. Er war jeden Tag bei Mona. Sie hatte eine leichte Lungenentzündung bekommen und war immer noch im Krankenhaus. Es ging ihr aber schon viel besser. Sie wurde psychologisch betreut. Ihr Vater betonte immer wieder, wie tapfer und stark Mona sei und wie erwachsen sie mit all den Geschehnissen umgehen würde.

Herr Benjes hatte sich auch bedankt. Obwohl es ihm sehr schwer gefallen war, das hatte ich gemerkt.

Und dann war da noch die Sache mit Paula. Ich war mir immer noch nicht sicher, ob ich sie mir wirklich einbildete. Auch wenn ich so tat, als ob ich verstanden hätte, dass es Paula nicht wirklich geben würde, wollte ich einfach nicht wahrhaben, dass ich eine Einbildung so lebendig hatte werden lassen.

Heimlich hatte ich immer wieder probiert, Paula zu erreichen. Aber sie ging nicht ans Telefon. Ich war sogar mehrfach zu dem Ahornbaum oben im Wald gelaufen, in der Hoffnung, sie dort zufällig zu treffen. Aber sie war wie vom Erdboden verschluckt.

Heute würde Mona im Krankenhaus ihre Aussage machen. Ich wusste, was davon abhing. Ich hatte Herrn

Baumgartner gefragt, ob ich dabei sein könnte. Nachdem auch Herr Benjes einverstanden war, nahm ich den Bus zur Klinik.

Als ich den Flur zu Monas Zimmer entlang ging, wurde ich immer langsamer. Mit jedem Schritt, den ich machte, wuchs meine Anspannung.

Mona saß in ihrem Bett und sprach mit ihrem Vater. Herr Baumgartner stand vor dem Bett. Er musste auch gerade erst gekommen sein, denn er zog seine Jacke aus und hängte sie über einen Stuhl. Zwei weitere Beamte blieben im Flur vor Monas Zimmer.

„Mona." Ich machte einen Schritt auf sie zu. „Schön, dass es dir besser geht." Ihre blonden Haare waren frisch gewaschen und gekämmt. Aber der Glanz, den sie einmal hatten, war noch nicht zurück. Ich fragte mich, ob sie jemals wieder so hell werden würden. Irgendwie schien mir das ein Ding der Unmöglichkeit, nach dem, was Mona erlebt hatte.

„Hallo Frau Grimaldi." Mona gab mir die Hand. Am liebsten hätte ich sie in den Arm genommen, aber das wäre vielleicht unpassend. „Ich habe gehört, dass Sie es waren, die den Schacht gefunden hat."

Ich nickte. „Ja, das stimmt. Plötzlich konnte ich mich erinnern, dass es diesen Schacht gibt." Ich blickte zu Herrn Baumgartner hinüber. Er schien unser Gespräch aufmerksam zu verfolgen. Er hatte die Arme vor dem Körper verschränkt.

„Mona, fühlst du dich soweit, dass du uns erzählen kannst, was an dem Tag genau passiert ist?" mischte er sich nun ein.

Mona nickte. Und auch ihr Vater stimmte zu.

„Wo soll ich anfangen?“

„Am besten bei der Therapiestunde bei Frau Grimaldi. Wie ist die gelaufen?“

„Sie war ...“ Mona stockte und blickte mich dann an. Ich hatte Angst, dass sie nun nicht weitererzählen würde und Herr Baumgartner es bereits jetzt für einen Fehler hielt, dass er mich mitgenommen hatte. „Sie war sehr intensiv. Aber es war eine gute Stunde.“ Mona musste meinen Blick gesehen haben. Sie nahm mich in Schutz.

„Was habt ihr am Ende der Stunde gemacht?“

„Weil ich so traurig war, hat Frau Grimaldi vorgeschlagen, dass wir noch an den Strand hinuntergehen und Muscheln sammeln.“

Ich schluckte. Ich konnte mich nicht daran erinnern, dass ich das gesagt hatte. Eigentlich war ich davon ausgegangen, dass Paula dies Mona vorgeschlagen hatte.

„War während der Therapiestunde bei Frau Grimaldi noch eine weitere Person anwesend?“ Herr Baumgartner musste das Gleiche wie ich gedacht haben.

„Nein.“ Mona überlegte kurz. „Da waren nur Frau Grimaldi und ich. Sonst niemand.“

Ich stand von Monas Bett auf. „Das kann nicht sein.“

Mona sah mich irritiert an. Sie schien nicht zu verstehen, was ich meinte.

„Frau Grimaldi, bitte“, sagte Herr Baumgartner. „Wir waren uns einig, dass Sie sich nicht in das Gespräch einmischen. Wenn das nicht klappt, dann muss ich Sie bitten, den Raum zu verlassen.“

„Schon gut. Entschuldigung", murmelte ich. Dann setzte ich mich auf einen Stuhl, der ein bisschen abseits stand.

„Mona", fing Herr Baumgartner wieder an, „gab es während irgendeiner Therapiestunde bei Frau Grimaldi eine weitere Person, die anwesend war?"

„Ja, manchmal war ihr Mann da. Aber nur selten."

„Gab es noch eine weitere Person, die sich sonst vielleicht mal im Haus aufgehalten hat?"

„Nein, nie." Mona sagte das mit einer so klaren Stimme, dass ihr das jeder glauben würde. „Wir waren eigentlich immer allein."

Es gab Paula nicht.

Mona und Paula kannten sich nicht.

Ich bildete mir Paula wirklich ein.

Warum?

Warum nur!

„Mona, was ist dann passiert?"

„Wir sind zum Strand hinuntergegangen. Dort haben wir dann Muscheln gesammelt. Frau Grimaldi musste dann nach Hause, und ich habe noch einen Augenblick alleine weitergesammelt. Den Weg nach Hause kannte ich ja gut. Dabei habe ich irgendwie nicht um mich geschaut ..." Die Stimme von Mona wurde leiser. „Und dann war da plötzlich überall Wasser. Ich habe noch gerufen, aber da war keiner. Und das Wasser ist so schnell gestiegen, und da war dann nur dieser Schacht."

Sie sah mit großen Augen in die Runde. „Ich hatte Angst, weil er so dunkel war und so eklig roch, aber was sollte ich machen? Schwimmen kann ich nicht so gut." Ihr Vater griff ihre Hand. „Und dann bin ich da hineingekrochen und habe gesehen, dass es ein Gang ist, der nach oben führt. Ich bin den weitergelaufen und habe sogar das Ende sehen können. Aber dann kam da dieses Gitter. Und das habe ich nicht aufbekommen. Es war fest verschlossen."

Ich sah Mona an. Wie mutig dieses Mädchen war. Sie hatte sich wahrscheinlich so selbst das Leben gerettet.

„Und dann konnte ich auch nicht mehr zurück, da das Wasser dann ganz in den Schacht geflossen war. Also habe ich mich auf die oberste Stufe gesetzt und gehofft, dass das Wasser nicht so weit ansteigen würde. Tat es ja auch nicht." Sie stockte kurz. „Die ganzen Tage nicht. Es wurde aber auch nie wieder so niedrig, dass ich den Schacht wieder über das untere Ende verlassen konnte. Dann habe ich gerufen und gehofft, dass mich jemand hört."

„Mona", fragte Herr Baumgartner, „könnte ich dich auch noch etwas zu deiner Mutter fragen?"

Ich horchte auf. Damit hatte ich nicht gerechnet. Die Vermutung, dass der Mörder von Monas Mutter auch Mona etwas anzutun versucht hatte, war nicht aufgegangen. Was wollte der Polizist wissen?

Mona nickte. Trotzdem sah ich, dass ihr das schwer fiel.

„Muss das sein?" Auch Monas Vater schien das bemerkt zu haben.

„Es ist nur eine kurze Frage."

„Was möchten Sie wissen?" Mona klang wie immer so korrekt.

„Hat deine Mutter dir irgendwas gegeben oder geschenkt, kurz bevor sie verunglückt ist?“

Herr Baumgartner und Monas Vater schienen verabredet zu haben, dass Mona erst später von den wahren Umständen des Todes ihrer Mutter erfahren würde. Ich hielt das für die richtige Entscheidung. In ihrem jetzigen Zustand wäre das ein Schock für sie, den sie vielleicht kaum verkraften könnte.

„Nein ... nicht, dass ich mich erinnern kann.“ Mona blickte ihren Vater an und dann Herrn Baumgartner und mich. Ich wusste, worauf Herr Baumgartner aus war. Sie suchten immer noch die Dateien, auf die Frau Benjes hingewiesen hatte, dass sie an einem sicheren Ort lagern würden.

„Frau Grimaldi, können Sie sich aus den Gesprächen mit Mona daran erinnern, dass Mona etwas Ungewöhnliches von ihrer Mutter erzählt hat?“

„Nein, eigentlich war da nichts ...“ Ich überlegte. „Obwohl, da war die Sache mit deinem vorgezogenen Geburtstag, Mona, oder?“

„Stimmt.“ Mona lächelte kurz. „Was Mama sich dabei gedacht hatte, wusste ich damals auch nicht.“

„Was war denn mit deinem Geburtstag?“ Herr Baumgartner stand von seinem Stuhl auf.

„Ich habe eigentlich im Mai Geburtstag“, erzählte Mona. „Aber meine Mutter wollte unbedingt meinen Geburtstag schon früher mit mir feiern.“

„Davon weiß ich gar nichts“, sagte ihr Vater.

„Du warst, glaube ich, auf einer Reise.“ Mona schaute ihn an. „Wahrscheinlich hatte Mama nur Langeweile.“

„Hast du etwas bekommen?“ fragte Herr Baumgartner.

„Nein, eigentlich nicht. Wir haben nur immer wieder die Spieluhr aufgezogen, die dieses Geburtstagslied spielt. Und wir haben Schokoladenkuchen zusammen gegessen. Das war es.“ Mona sah uns an. „Es ist eine der letzten schönen Erinnerungen an meine Mama.“ Sie sagte das so ernst, dass mir fast die Tränen kamen. Ihr Vater nahm sie in den Arm.

„Zwei Tage später ist sie verunglückt.“ Monas Stimme war jetzt ganz leise geworden.

„Hat sie damals irgendetwas zu dir gesagt, was dir jetzt im Nachhinein ungewöhnlich vorkommt?“ Herr Baumgartner ließ nicht locker.

Mona überlegte. „Sie hat nur gesagt, dass, wenn einmal etwas passieren sollte, ich mich immer an diesen Geburtstag erinnern soll. Wie als ob sie es geahnt hätte.“ Sie strich sich eine Haarsträhne aus dem Gesicht. „Und das mache ich auch.“

Als ich nach Hause kam, war Benjamin schon da. Er hatte gekocht und wartete auf mich. Er sah geschafft aus. Trotzdem konnte ich in seinen Augen sehen, dass er sich freute, dass ich da war.

Ich blickte mich um. Er hatte den Tisch im Wohnzimmer gedeckt, Musik und Kerzen angemacht. Es roch nach Rosmarin. Ich liebte diesen Geruch.

„Möchtest du etwas trinken, Clara?“

„Ja.“ Ich blickte mich um. Er hatte bereits eine Flasche Weißwein geöffnet. Das machte er meistens, wenn er kochte. Ich mochte es, wenn er so den Abend begann. „Ich nehme auch einen Wein."

Benjamin goss mir ein Glas ein und reichte es mir. „Clara", er sah mich an, „auf einen Neuanfang."

Ich war froh, dass er das sagte. „Und auf Mona."

„Ja, natürlich. Auch auf Mona."

Seit Tagen war Paula nicht wieder aufgetaucht. Seit Mona wieder da war, blieb sie wie vom Erdboden verschluckt.

Was war mit der Bedingung, die Paula gestellt hatte? Dass Benjamin verschwinden müsste.

Ich rief mich zur Ruhe. Die hatte ich mir auch nur eingebildet.

Ich musste mir das immer wieder sagen. Und trotzdem blickte ich mich immer wieder um und erwischte mich bei dem Gedanken, dass Paula plötzlich hinter mir stehen, an der Haustür klingeln oder auf meinem Telefon anrufen könnte. Aber nichts passierte.

„Herr Baumgartner hat noch einmal angerufen." Mir war gar nicht aufgefallen, dass wir uns beim Essen angeschwiegen hatten. Ich hatte meinen Teller kaum angerührt, obwohl es sehr gut schmeckte. Es tat mir leid. Benjamin bemühte sich so.

„Was wollte er?"

„Er sagte, dass er dich wegen der Falschaussage anzeigen müsste."

Ich nickte. Ich hatte das befürchtet.

„Vielleicht solltest du einmal zum Arzt gehen und ein Gutachten erstellen lassen." Benjamin Stimme klang leise.

„Du meinst, dass ich mich für verrückt erklären lassen soll?"

„Dann hättest du eine Entschuldigung für dein Verhalten."

„Dann kann ich meinen Job als Therapeutin vergessen. Wenn ich überhaupt jemals wieder als Kindertherapeutin arbeiten kann." Es würde eine Zeit dauern, bis das Vertrauen wiederhergestellt war. Trotzdem hoffte ich, dass die Kinder alle wiederkommen würden.

„Ich weiß." Benjamin schwieg kurz. „Aber du musst dich in Therapie begeben." Er schaute mich an. „Auch wegen Paula."

„Paula ist weg."

Er starrte mich an.

„Sie ist seit einer Woche nicht wiedergekommen. Seit Mona wieder da ist. Ich denke auch nicht, dass sie noch einmal wiederkommen wird."

17

Drei Wochen später war Paula wieder da.

Es war einer der ersten Tage, an denen ich das Gefühl hatte, dass so etwas wie Normalität zurückgekehrt war. Benjamin und ich gingen aufeinander zu und kamen uns mit jedem Abendessen, das wir bewusst miteinander verbachten, wieder näher.

Auch meine Eltern hatten sich langsam wieder beruhigt. Es hatte mich viel Überzeugungskraft gekostet, sie davon abzuhalten, dass sie sich nicht in den nächsten Flieger nach Hamburg setzten. Benjamin hatte sie über alles informiert. Natürlich wussten sie auch von Paula. Meine Mutter hatte mir, genau wie Benjamin, versucht, immer wieder ins Gewissen zu reden, mir doch eine Therapeutin zu suchen. Aber das wollte ich nicht. Paula war verschwunden, und es gab keinen Grund dafür.

So plötzlich, wie Paula verschwunden war, so plötzlich war sie auch wieder da.

Es war vormittags. Ich hatte gerade den Computer hochgefahren, um die verschiedenen Patientenakten aufzurufen, um mich wieder einzulesen. Ich hatte mir vorgenommen, alle Familien der Kinder anzurufen, die ich betreut hatte, um neuen Termine auszumachen. Nächste Woche wollte ich wieder mit der Arbeit beginnen. Das würde der letzte Schritt sein, um die Normalität wieder vollkommen herzustellen.

Da klopfte es plötzlich am Fenster. Es war kein zaghaftes Klopfen, sondern ein energisches Hämmern.

Ich wusste sofort, dass sie es war.

Ihre Haare leuchteten wie Feuer.

Das konnte nicht sein.

Ich starrte weiter auf den Bildschirm vor mir. Vielleicht würde sie dann wieder verschwinden.

Aber der rote Schein links von mir blieb. Und das Hämmern auch.

Ich bekam Angst.

Ich blickte sie an. Sie war es wirklich. Sie schaute mich auch an. Und gestikulierte, dass ich sie hereinlassen sollte.

Was passierte mit mir?

Warum bildete ich sie mir wieder ein?

Warum war sie zurück?

Es war doch alles gut.

„Geh, Paula, bitte." Ich sagte das nicht laut. Ich konnte es nicht laut sagen. Meine Stimme versagte völlig.

Paula hörte auf zu gestikulieren. Sie starrte mich böse an. Wirklich böse. Und dann zuckte sie mit den Schultern. Und blieb einfach vor dem Fenster stehen. Wie ein Feuer, das nicht zu lodern aufhören wollte.

„Geh, Paula, ich will, dass du gehst."

Es gab sie nicht.

Es gab sie nicht!

Ich versuchte mir das immer wieder einzureden. Vielleicht würde sie dann wieder verschwinden. Aber das tat sie nicht.

Benjamin. Ich musste ihn anrufen. Wo war mein Handy? Ich blickte mich um.

Ich sah, wie Paula den Finger hob und wie bei einem Verbot hin und her bewegte.

Ich stockte. Und dann wurde es mir klar. Sie wusste, was in meinen Gedanken vorging. Sie wusste alles, was ich dachte. Denn sie war ja auch in meinen Gedanken zu Hause. Sie war aus meinen Gedanken gemacht.

Ich stand auf und ging ins Wohnzimmer. Ich sah am Fenster, dass Paula mir folgte. Sie blickte mich mit ihren großen Augen an.

Ich suchte das Handy. Es lag in der Küche, neben der Kaffeemaschine.

Als ich mich umdrehte, stand Paula mitten im Wohnzimmer.

„Die Tür war offen", sagte sie, und an ihrem Ton erkannte ich, dass sie wütend war.

„Sie war nicht offen." Ich blickte sie an. „Das weißt du ganz genau."

Sie zuckte mit den Schultern.

„Du bist nur eine Einbildung." Ich versuchte, das mit Nachdruck zu sagen.

„Na und? Jetzt bin ich aber wieder hier."

„Aber du bist nur eine Einbildung."

„Und ich habe nicht vor, wieder zu gehen." Sie starrte mich an. „Wir hatten eine Abmachung. Nun musst du dich auch daran halten, Clara."

„Wieso sollte ich mich an etwas halten, was es gar nicht gibt?" Warum konnte ich meine eigenen Gedanken nicht kontrollieren? Es war mir doch bewusst, dass es Paula nicht gab. Warum verschwand sie nicht einfach?

„Benjamin muss gehen." Paulas Stimme klang kalt und unerbittlich.

„Ich will nicht, dass er geht. Er hat nichts Falsches gemacht. Er ist echt. Im Gegensatz zu dir."

Paula machte eine abwertende Handbewegung. „Du hast es versprochen."

Ich suchte die Nummer von Benjamin auf dem Handy. Was sollte ich ihm sagen? Dass Paula wieder da war? Dann würde er mich sofort zum Arzt bringen. Oder womöglich einweisen.

„Ruf ihn nur an." Paula stand vor mir. „Du wirst schon sehen, was du davon hast."

Sie hatte recht.

Dann kam mir eine andere Idee. Ich wählte die Nummer der Nachbarin.

Nicht einmal eine Minute später klingelte es an der Haustür.

„Ist alles in Ordnung?" Elke klang außer Atem.

„Ich glaube schon." Ich blickte mich um.

Paula war verschwunden.

18

Als Paula auch die nächsten beiden Tage erschien, nahm ich mir vor, sie zu ignorieren. Ich wollte sie nicht mehr in meinem Leben. Sie musste gehen.

Sie hatte mich zu Unrecht gegen Benjamin aufgebracht, mich immer wieder gegen ihn aufgehetzt.

Und sie tat es noch. Sobald sie auftauchte, warnte sie mich zur Vorsicht, vermutete, dass Benjamin immer noch eine Affäre und doch mehr mit den Korruptionsvorwürfen zu tun hatte, als es den Anschein hatte. Und sie wollte, dass er verschwand. Aus meinem und ihrem Leben. Was ja eigentlich ein Leben war.

Auch wenn sie einmal so etwas wie eine Freundin war, das war sie jetzt nicht mehr. Ganz im Gegenteil, sie war böse. Und deshalb würde ich auf keinen Fall nachgeben. Koste es, was es wolle.

Mein Plan war, sie so lange zu ignorieren, bis sie von selber gehen würde. Vielleicht würde es eine Zeitlang dauern, aber es war immerhin eine Möglichkeit. Und so viele Möglichkeiten hatte ich nicht.

Aber Paula schien es nicht zu stören, dass ich nicht mit ihr sprach. Überhaupt nicht. Sie nahm es mit einem Schulterzucken hin und lief nun entweder still neben mir her oder zog pausenlos über Benjamin her, ohne dass ich auf sie reagierte. Mal war sie dabei wütend und beleidigend und bedrohte mich, mal war sie auch sehr traurig und melancholisch und sagte, dass sie mich nicht als Freundin verlieren wollte. Sie versuchte mich zu manipulieren und mich umzustimmen. Es war ein absoluter Albtraum. Und das Tag für Tag.

Je mehr Tage vergingen, umso mehr hasste ich sie. Ich verabscheute sie. Sie war wie ein Schatten. Ein böser Schatten, den man nicht mehr loswurde. Doch ich wollte sie loswerden. Unbedingt.

Das ging zwei Wochen so. Dann wusste ich, dass ich etwas ändern musste. Es hatte sich nichts getan. Paula lief immer noch Tag für Tag neben mir her und begleitete mich auf Schritt und Tritt. Ich tat vor Benjamin so, als ob Paula weiterhin verschwunden war, was mich unendlich viel Kraft kostete. Lange würde ich das nicht mehr durchhalten.

Es gab sogar Momente, wo sie mit im Raum saß, wenn Benjamin da war. Dann starrte sie uns an und beobachtete jeden Schritt, den wir machten, hörte jedes Wort, das wir sprachen, verdrehte die Augen, schüttelte wild den Kopf und machte jedes Zusammensein mit Benjamin zur Qual.

Es machte mich kaputt, ihre bloße Anwesenheit machte mich nervös und zerriss mich förmlich. Ich konnte nicht mehr ich selbst sein. Ich konnte mich nicht fallen lassen, nicht zur Normalität, nicht in mein altes Leben zurück.

Ich hasste sie so sehr.

Aber eine Therapie wollte ich nicht. Das würde mein beruflichen Aus bedeuten. Es hatten sich gerade für die folgende Woche wieder die ersten Termine ergeben, über die ich sehr froh war. Fast alle Kinder wollten wiederkommen. Ich konnte nicht selbst jetzt zu einer Psychotherapie gehen. Das hätte sich hier im Dorf sofort herumgesprochen.

Das Problem war, dass Paula meine Gedanken kannte. Sie wusste immer im gleichen Moment wie ich, was ich dachte, was ich machen oder sagen wollte. Sie war in meinen Gedanken. Sie war aus meinen Gedanken. Und ich wusste nicht, wie ich das kontrollieren konnte.

Es gab nur noch eine Möglichkeit.

Ich musste mit meiner alten Therapeutin sprechen.

Sie hatte schon einmal eine Einbildung von mir verschwinden lassen.

19

Frau Dr. Remscheid wohnte immer noch dort, wo sie auch gewohnt hatte, als ich ein kleines Kind gewesen war. Meine Mutter hatte damals entschieden, dass ich zu einer Therapeutin gehen sollte, die nicht direkt im Dorf lebte, damit nicht gleich alle davon sprachen und für mich noch zusätzliche Belastung auftrat.

Övelgönne bestand eigentlich nur aus einer kleinen Reihe winziger, an den Hang der Elbe gebauter Häuser, nicht länger als hundert Meter. Tagtäglich strömten unzählige Touristen und Fahrradfahrer an den Häusern vorbei und bewunderten dieses Kleinod inmitten der Großstadt.

Frau Dr. Remscheid hatte Glück. Ihr Haus lag in zweiter Reihe. Man erreichte es nur durch einen kleinen Durchgang zwischen zwei Wintergärten, die den Häusern in erster Reihe vorgelagert waren. Riesige Rosenstöcke wuchsen bis in den ersten Stock der beiden Häuser und kletterten an den Sprossen der Wintergärten empor. Sie mussten vor kurzem in voller Pracht geblüht haben. Jetzt fielen immer wieder einzelne rote Rosenblüten auf den Weg.

Sobald man den Durchgang passiert hatte, verstummte der Trubel.

„Clara!“ Sie war überrascht, mich zu sehen. „Komm rein.“

„Danke.“ Ich kam mir plötzlich vor wie vor zwanzig Jahren. Die Wohnstube hatte sich kaum verändert, die Wände hatten den gleichen roten Ton, der mit einer unregelmäßigen Wischtechnik aufgetragen worden war.

Das Sofa war immer noch so weich und eigentlich viel zu tief und voller orientalischer Kissen. Das ganze Haus roch nach Räucherstäbchen, und irgendwo sprudelte Wasser über diesen Stein, dessen Funktion ich als Kind nie verstanden hatte. Auch die Lichterkette hing immer noch in dem Fikus. Der war allerdings größer geworden.

„Es hat sich nicht viel verändert." Frau Dr. Remscheid musste meinen Blick gesehen haben.

„Ich fand es immer schön hier."

„Möchtest du etwas trinken, Clara?"

„Gerne."

„Wie geht es dir?" Sie goss Wasser in einen Topf und stellte diesen auf den Herd. „Nach der ganzen Geschichte."

„Ich bin sehr froh, dass es Mona gut geht."

Frau Dr. Remscheid nickte. Sie füllte Teeblätter in ein Sieb und wartete neben dem Herd, bis das Wasser kochen würde.

Wir sprachen eine Weile nicht. Das war auch früher so gewesen. Es hatte immer mal während der Therapie Minuten gegeben, in denen wir gar nicht gesprochen hatten. Das hatte ich als Kind als sehr angenehm empfunden. Schließlich waren die Gespräche immer sehr anstrengend und ermüdend gewesen.

Ich setzte mich auf das Sofa und wartete, bis Frau Dr. Remscheid mit dem Tee und zwei Tassen kam. Die Tassen schienen selbstgetöpfert und auch selbstbemalt worden zu sein, mit unregelmäßigen Punkten und Tupfern. Furchtbar kitschig, aber hierher passten sie.

Durch das Wohnzimmerfenster konnte ich den Durchgang sehen, an dem sich, wie durch einen Ausschnitt, die Menschenmassen auf dem Fußweg vor den vorderen Häusern schoben.

„Was kann ich für dich tun, Clara?“ Frau Dr. Remscheid goss den Tee ein. Er roch süß und herb zugleich.

„Paula …“ Ich zögerte. „Sie wissen noch, wer Paula ist?“

Frau Dr. Remscheid nickte. „Ja, Clara. Paula ist deine Einbildung.“

Ich schluckte. Es hörte sich immer noch unheimlich an, wenn das so gesagt wurde. „Paula will nicht wieder gehen.“

„Ich habe das befürchtet. Wie bei Pippa damals.“

„Ich habe alles probiert. Ich habe ihr gesagt, dass sie gehen soll. Sie darum gebeten. Ich habe sie sogar beschimpft und jetzt tagelang ignoriert. Aber sie ist immer noch da. Sie geht einfach nicht wieder.“ Ich merkte, wie verzweifelt ich klang.

„Bist du dir denn sicher, dass Paula eine Einbildung ist?“

Warum fragte sie mich das? Das war doch, was alle von mir wollten. Dass ich endlich einsah, dass Paula wirklich eine Einbildung war. Und jetzt war sie sich auch nicht mehr sicher? „Ja, ich gehe davon aus.“

„Ganz sicher?“

„Ja …“ Ich war unsicher.

„Clara, solange du selber noch Zweifel hast, wird Paula auch nicht gehen. Nur wenn du dir absolut sicher bist, dann gibt es eine Chance.“

„Und woher weiß ich, dass sie eine Einbildung ist?“

„Es wird wahrscheinlich sehr ähnlich wie damals mit Pippa sein." Sie sah mich an. „Erinnerst du dich noch daran?"

„Nein, kaum noch. Nur noch an unsere Unternehmungen." Und dann ergänzte ich: „Die auch nicht echt waren."

Frau Dr. Remscheid nahm ein Schluck von ihrem Tee. „Auch das ist normal. Dass man verdrängt, dass man etwas Unnormales getan hat. Du hast verdrängt, dass du dir eine Freundin eingebildet hast, weil das unnormal war."

„Ich kann mich gar nicht mehr daran erinnern. Woher wusste ich denn damals, dass Pippa nicht echt war?"

„Es hat sehr lange gedauert, bis du das erkannt hast."

In dem Moment sah ich den roten Schein in meinem linken Augenwinkel.

Paula.

Sie stand in dem Durchgang zum Hinterhof. Hinter ihr strömten die Menschen weiter. Über ihr stoben die roten Rosenblätter durch die Luft. Aber sie stand ganz still und schaute uns an.

Und sie war wütend.

Ich starrte aus dem Fenster. Und hatte Angst, dass es niemals enden würde.

„Sie ist da, oder?" Frau Dr. Remscheid schaute mich von der Seite an.

Ich nickte. Dann zwang ich mich, meinen Blick vom Fenster abzuwenden und einen Schluck von dem Tee zu nehmen. Frau Dr. Remscheid stand auf und zog die

Gardine vor das Fenster. Sie sagte erst gar nicht, dass sie Paula nicht sehen könnte. Das war überflüssig. Paula verschwand hinter der Gardine. Aber ich wusste, dass sie da war.

„Danke."

„Kann Paula mit anderen Personen außer dir sprechen? Hast du das je beobachtet?"

„Nein. Niemals."

„War Paula jemals in einem Raum mit anderen Personen?"

„Ja ... bei Benjamin und jetzt hier bei Ihnen ... auch wenn sie dort draußen ist."

Sie nickte. „Dein Mann und ich sind dir vertraut. Da funktioniert das. Aber es dürfte nicht bei fremden oder fremderen Personen funktionieren."

„Das stimmt." Ich dachte an Elke, meine Nachbarin. Paula war sofort verschwunden.

„Was trägt Paula?"

„Sie hat immer Kleider an. Bunte Kleider. Ihre Haare sind zu einem Zopf gebunden oder offen. Und sie trägt Ketten mit Perlen und Muscheln."

Frau Dr. Remscheid beugte sich vor. „Trägt sie diese Kleidung auch, wenn es kalt ist oder regnet?"

Ich zögerte. „Ja. Ich habe sie nie mit etwas anderem gesehen. Kälte oder Nässe scheinen ihr nicht viel auszumachen."

„Weil sie kein echter Mensch ist, Clara." Frau Dr. Remscheid sagte das ganz ruhig, wie eine Feststellung.

„Sie haben recht." Warum war ich darauf nicht selbst gekommen? Warum hatte ich diese Dinge nicht eher wahrgenommen? „Sie hat auch keinen Wohnort und keinen Nachnamen."

„Den hatte Pippa damals auch nicht. Soweit ich mich erinnern konnte, wohnte Pippa im Wald."

Ich schluckte. Auch Paula wohnte im Wald.

„Und auch Pippa hatte damals immer bunte Kleider an und rote Haare. Sie war wie Pippi Langstrumpf. Deshalb hast du sie auch Pippa genannt."

Mein Herz raste. Das war alles so offensichtlich. Ich hatte es nicht sehen wollen. Ich hatte es nicht wahrnehmen wollen. Ich hatte mir eine Figur geschaffen, die wie Pippa war. Nur erwachsener. Paula war wie eine erwachsene Pippi Langstrumpf.

„Und auch der Name Paula ist nicht so weit weg von Pippi und Pippa." Frau Dr. Remscheid nahm meine Hand. „Es tut mir leid, Clara, aber du musst den Tatsachen ins Gesicht sehen. Nur so kannst du den nächsten Schritt machen."

Ich nickte, ich wusste, dass sie recht hatte. „Wie werde ich sie los?"

„Das ist nicht ganz einfach, Clara. Du musst wissen, dass du damals fast drei Jahre bei mir in Therapie warst. Ich habe dich jede Woche gesehen, oft sogar zweimal. Ich kannte dich, wusste, wie du denkst, was du fühlst, wann Pippa kam und wann sie ging. Das weiß ich jetzt nicht über Paula. Und ich habe dich zwanzig Jahre nicht gesehen. Ich kann nur mutmaßen, warum Paula aufgetaucht ist, warum du sie brauchst."

„Aber ich brauchte sie nicht." Meine Stimme versagte.

„Es gibt einen Grund, warum Paula gekommen ist. Und diesen Grund musst du finden."

„Dafür ist keine Zeit", unterbrach ich sie, „wir müssen Paula loswerden!"

Frau Dr. Remscheid lächelte. „Ich glaube nicht, dass das so schnell und einfach geht. Du solltest dir eine Therapie suchen."

„Aber wie hat denn das damals mit Pippa geklappt?"

„Du warst damals soweit, dass Pippa gehen konnte. Und das war dir auch bewusst." Sie wartete einen Augenblick. „Du konntest Pippa damals kontrollieren. Du konntest selbst beeinflussen, wann sie kam und wann sie ging. Dir war bewusst, dass sie nur imaginär war, und hattest gelernt, damit umzugehen. Du hast dann selber entschieden, dass du sie nicht mehr brauchst, weil du den Tod deiner Schwester verarbeitet hattest."

Ich hörte ihr aufmerksam zu. Es war eine andere Situation mit Paula. Ich konnte sie nicht kontrollieren. Sie kontrollierte mich.

„Nur wenn du so weit bist, dass dir dieses klar ist, dann wirst du auch entscheiden können, dass Paula gehen kann." Frau Dr. Remscheid stand auf und öffnete die Gardinen wieder.

Mein Herz raste.

Paula war nicht mehr da.

Nur das Strömen der Menschen. Und die fliegenden Rosenblätter.

Ich atmete erleichtert auf.

„Nur wenn du weißt, warum Paula da ist, kannst du auch wissen, wie sie gehen kann. Und das wird dir nur eine Therapie sagen können."

Ich starrte aus dem Fenster.

Sie war wirklich weg.

„Muss Paula auch sterben? Wie Pippa damals?"

„Das kann sein. Vielleicht ist es deine Art, diese Einbildung zu verabschieden. Es muss aber nicht sein. Du bist jetzt erwachsen. Vielleicht kannst du das auch anders lösen."

„Wie war das damals mit Pippa?" Ich zögerte. „Ich meine, genau?"

Frau Dr. Remscheid faltete die Hände „Ich kann mich noch genau erinnern. Wir sind damals mit dem Boot auf die Elbe gefahren. Deine Eltern waren auch dabei. Und Pippa auch. Sie saß mit an Bord. Zumindest hast du das gesagt."

„Und dann?" Ich biss mir auf die Unterlippe. Meine Erinnerungen an Pippas Tod waren ganz andere.

„Was dann passiert ist, das weißt natürlich nur du. Später hast du erzählt, dass es ein Segelunfall war, bei dem Pippa über Bord gegangen und ertrunken ist."

„Ertrunken, meine Schwester", flüsterte ich.

Frau Dr. Remscheid nickte.

Ich gab ihr die Hand, als ich mich verabschiedete. Das hatte ich damals auch so gemacht. Und Mona machte es auch immer so.

„Eine Frage noch ..."

„Ja?"

„Was meinen Sie, warum ist Paula in mein Leben getreten?"

Frau Dr. Remscheid überlegte. „Ich denke schon, dass es noch etwas mit dem Tod deiner Schwester zu tun hat."

„Meinen Sie, dass Monas Erlebnisse dies ausgelöst haben? Auch sie hat einen geliebten Menschen verloren und war plötzlich alleine."

„Das könnte sein, Clara. Aber du musst dem nachgehen, du musst das herausfinden. Du musst eine Therapie machen. Alleine schaffst du das nicht. Wenn du das nicht klärst, wird Paula auch nicht gehen."

20

Benjamin war schon früh zur Arbeit gefahren. Er hatte die Nacht schlecht geschlafen. Immer wieder war er aufgestanden und nach unten gegangen. Er schlief zurzeit generell schlecht. Er sprach selten darüber, was in der Firma los war. Ich nahm an, er tat das, um mich zu schützen. Er deutete nur an, dass die Polizei immer noch gegen sie ermitteln würde und der Mörder von Majas Mutter immer noch nicht gefasst war. Es würde an Beweisen fehlen, sagte er. Dadurch wäre der Druck enorm hoch, den Presse und Bevölkerung und natürlich die Polizei ausüben würde. Sein Chef rief immer wieder an, auch spät abends. Benjamin verschwand dann immer nach draußen oder ins Schlafzimmer und sprach leise und angespannt mit ihm. Wenn er von solchen Gesprächen wieder hineinkam, machte er sich meistens ein hochprozentiges Getränk und sagte eine Weile gar nichts. Die Belastung war ihm anzusehen.

Das war ein Grund mehr für mich, die Sache mit Paula alleine zu lösen.

Paula erschien erst nach einer Woche wieder. Das Gespräch mit Frau Dr. Remscheid hatte Klarheit gebracht. Mir war bewusst, dass es Paula nicht gab. Mir war aber auch klar, dass Paula nicht einfach so gehen würde. Aber ich hatte einen Plan. Und wenn mein Gedächtnis mich so austrickste und Personen entstehen ließ, die es gar nicht gab, dann könnte ich vielleicht auch mein Gedächtnis austricksen.

Als ich die Treppe ins Erdgeschoss hinabstieg, stand Paula auf der Terrasse vor dem Haus. Ganz plötzlich war sie wieder da.

„Hallo Paula." Ich öffnete die Terrassentür.

„Oh." Paula drehte sich um. Ihre roten Haare leuchteten vor den dunkelgrauen Himmel. „Du redest wieder mit mir."

„Ich akzeptiere dich." Ich schaute sie an. „Du bist hier, weil ich dich gebraucht habe. Und es ist in Ordnung, dass du da bist."

„Meinst du das ernst?" Ich konnte hören, wie skeptisch sie klang.

„Ja, das meine ich ernst." Und für eine Sekunde hätte ich fast den Gedanken zugelassen, dass ich mich wunderte, dass sie das glaubte.

Aber sie war nur ein Konstrukt meiner Gedanken. Ich konnte sie kontrollieren. Mit meinen Gedanken. Und es funktionierte.

„Und ich möchte, dass du hereinkommst und wir reden." Ich machte eine Geste, um sie ins Haus einzuladen.

Vorsichtig ging sie an mir vorbei.

„Ich möchte mir dir über Mona reden." Ich blickte sie an. Sie setzte sich auf das Sofa. „Und über meine Schwester und Pippa."

Paula blieb lange. Wir redeten die ganze Zeit. Und dann ging sie.

So war es auch die nächsten Tage. Sie kam. Wir redeten. Und dann ging sie wieder.

Mit jedem Tag, der verging, kontrollierte ich ihr Kommen und ihr Gehen mehr.

Und mir wurde bewusst, wie sehr ich sie gebraucht hatte. Wie sehr mir das Reden mit ihr gut tat, wie sehr ich sie als Freundin liebte.

Und hasste zugleich.

Denn immer wieder machte sie deutlich, dass sie mich für sich wollte. Immer wieder intrigierte sie gegen Benjamin, mahnte mich zur Vorsicht, war kritisch und skeptisch. Erinnerte mich an unsere Vereinbarung.

Sie hatte keinen guten Charakter, sie war durchtrieben und egoistisch. Und je mehr ich mit ihr redete, desto deutlicher wurde mir das.

Mit Pippa musste es damals ähnlich gewesen sein, sonst hätte Frau Dr. Remscheid nicht gesagt, dass ihr Einfluss auf mich schlecht gewesen war. Auch wenn ich mich nicht mehr an diese Zeit erinnerte, so schien Paula als zweite Einbildung nach Pippa ähnlich zu funktionieren. Und wenn sie ähnlich funktionierte, dann würde ich sie ebenfalls loswerden können.

Benjamin fragte mich jeden Tag, wie es mir ging, und ob Paula noch da wäre. Ich log ihn an. Ich wollte ihn nicht damit belasten. Außerdem musste ich die Sache mit Paula selber klären. Einmal hatte mich Frau Dr. Remscheid angerufen und gefragt, ob ich noch einmal zu einem Termin kommen würde. Aber ich hatte das abgelehnt. Ich hatte ihr versichert, dass ich daran arbeitete und Paula inzwischen kontrollieren könnte.

Außerdem hatte ich wieder angefangen, selbst Therapiestunden zu geben. Ich wollte diese Normalität nicht durchbrechen. Auf keinen Fall.

Und dann kam die Nacht auf dem Leuchtturm.

21

Ich hatte lange über einen geeigneten Ort nachgedacht. Und dann war mir der Leuchtturm eingefallen.

Er war der richtige Ort. Ein Ort zwischen Land und Elbe. Treppenviertel und Wasser. Ein Zwischenstück. Das passte. Paula war auch so etwas wie ein Zwischenstück, zwischen Wirklichkeit und Einbildung, zwischen meinem Schmerz und meiner Hoffnung, zwischen früher und heute. Liebe und Hass.

Ich fühlte mich bereit. Ich fühlte mich stark genug, das zu tun, was ich die letzten Wochen vorbereitet hatte.

Ich sagte Benjamin, dass ich noch einen Spaziergang machen würde. Ich lief eine lange Strecke. Erst die Treppen im Viertel hoch, dann durch den Wald zurück bis an die Elbe. Dort konnte ich schon von weitem den Leuchtturm sehen. Er stand an der Spitze einer langen Mole, die ins Wasser herausragte. Sein Lichtkegel kreiste rhythmisch zwischen Elbe und Land, Treppenviertel und Wasser. Ein Zwischenstück.

Der Aufgang war mit einem Gitter verriegelt, aber ich hatte schon als Kind gewusst, wie ich es umgehen konnte.

Es war frisch und kalt. Und je höher ich stieg, umso windiger wurde es. Meine Hände waren nass von der feinen Wassergischt, die hochspritzte und das Geländer nass machte. Ich atmete bewusst tief und laut, um Kraft zu sammeln.

Ich atmete aus, als ich den letzten Schritt auf die oberste Plattform des Leuchtturms machte. Ich war so weit. Ich konnte es. Ich blickte noch einmal zurück ins Viertel. Inzwischen war es dunkel geworden. Überall am Hang gingen die Lichter in den Häusern an.

Dann drehte ich mich zur Elbe.

Paula. Da war sie.

Ich hatte lange über das nachgedacht, was ich ihr sagen wollte. Hatte mir jedes Wort zurechtgelegt.

„Paula“, begann ich, „ich würde dir gerne etwas sagen.“

Sie blickte mich an. Auch wenn ich nicht daran denken wollte, so kam es mir doch so vor, als ob sie wüsste, was ihr bevorstand. Sie sagte nichts.

„Ich möchte mich bei dir bedanken. Dafür, dass du da warst, und für die Gespräche, die wir geführt haben. Es hat mir gut getan, mit dir über Mona und vor allem über meine Schwester und Pippa und den damit verbundenen Schmerz zu sprechen. Und die Gespräche haben geholfen. Aber es ist an der Zeit, dass wir Abschied nehmen.“

Sie stand dort. Ihre Haare wurden nass vom Nieselregen. Hinter ihr die dunkle Elbe. Und sie sagte immer noch nichts.

Und dann tat ich es.

Ihr Körper fiel still. Viel zu still.

Ich starrte auf meine Hände. Die Fingerkuppen waren weiß vor Kälte. Und nass von der Nacht.

Es gab keinen anderen Ausweg. Sie konnte nicht bleiben.

Ich liebte und ich hasste sie so sehr. Brauchte und verabscheute sie.

Ich blickte zu der Stelle, von der sie verschwunden war. Sie hatte mich angesehen, als sie fiel. Und nichts gesagt, nichts gerufen, nichts geschrien. Ganz still war sie gefallen. In ihren Augen hatte ich lesen können, dass sie nicht glauben konnte, dass ich das getan hatte.

Ich hörte nichts. Nur das Rauschen des Windes. Und die Geräusche der Stadt hinter mir.

Ich müsste den Aufprall längst gehört haben. Meine Hände fassten an die feuchte, metallene Kante des Geländervorsprungs. Ich blickte in die Tiefe. Es war nichts zu sehen. Es war zu dunkel.

Es hatte keinen Aufprall gegeben.

22

Paula tauchte nicht mehr auf.

Die ersten Tage hatte ich jeden Moment damit gerechnet. Immer hatte ich vermutet, dass sie wieder erscheinen würde, dass mein Gedächtnis sie wieder rufen würde, sie hinter der nächsten Häuserecke warten würde, durch das nächste Fenster blicken würde, mir auflauern würde.

Aber es passierte nicht.

Je mehr Tage vergingen, desto sicherer war ich, dass ich es weiterhin kontrollieren konnte, dass sie nicht wiederkam.

Auch Benjamin schien wieder entspannter zu werden. Und das tat uns gut. Er kam eher von der Arbeit und kochte fast wieder jeden Abend. Auch wenn es immer noch nicht wie früher zwischen uns war, so wollten wir es beide. Die Polizei war kurz davor, die Ermittlungen einzustellen. Zwar hatten sie herausgefunden, dass die Substanz im Körper von Maja Benjes aus einem der großen Krankenhäuser, die Benjamins Kanzlei den Großauftrag übergeben hatte, gestohlen worden war, aber man hatte nicht herausfinden können, wer sie entwendet hatte. Die Polizei vermutete nach wie vor einen Auftragsmörder, aber konnte auch das nicht beweisen. Ich hatte den Vater von Mona ein paarmal im Dorf getroffen. Es war nicht leicht für ihn zu wissen, dass der Mörder seiner Frau noch frei herumlief und es unmöglich schien, diesen zu fassen.

Ich gab täglich Therapiestunden. Es war wieder Alltag eingekehrt, über den ich sehr froh war. Es hatte einige Stunden gedauert, bis das alte Vertrauen und die alte Intensität bei der Arbeit mit den Kindern hergestellt war, aber inzwischen machten alle Fortschritte.

Ich hatte gerade Maximilian, der am nächsten Tag eine Mathearbeit schreiben würde und noch einmal zur mentalen Einstimmung dagewesen war, nach Hause geschickt. Ich stand noch am Gartentor und blickte ihm nach. Es war ein komisches Gefühl, ein Kind nach einer Therapiestunde alleine nach Hause zu schicken.

Ich hatte Mona ein paarmal im Dorf getroffen. Es schien ihr gutzugehen, und ihr Vater hatte auch vor, sie in ein paar Wochen wieder zur Therapie bei mir anzumelden. Es sei ihr Wunsch gewesen, hatte er betont. Monas Haare waren nicht wieder so hellblond geworden, wie sie einmal waren. Aber wenn das das Einzige war, das von den vier Tagen in dem Schacht zurück geblieben war, dann war es zu verkraften.

Ich stand noch am Gartentor, als plötzlich der Wagen einer Reinigung vor dem Haus hielt. Es war dieselbe Reinigung, zu der Benjamin damals meine Regenjacke gebracht hatte. Ich erkannte das Logo auf dem Lieferwagen. Eine Person stieg aus und öffnete die Schiebetür auf der anderen Seite. Sie holte etwas aus dem Auto und kam dann dahinter hervor.

Ich erschrak.

Die Frau hatte feuerrote Haare.

Mir wurde schwindelig. Ich hielt mich an der Gartenpforte fest.

Sie kam direkt auf mich zu.

„Grimaldi?“

Ich nickte, unfähig, etwas zu sagen.

Bildete ich mir diese Frau nur ein? Sie hatte eine dicke grüne Holzperlenkette um den Hals. Sie konnte nicht echt sein. Sie musste eine Einbildung sein.

„Ich habe eine Lieferung für Sie." Sie hielt mir einen Kleidersack hin. „Hemden."

Ich nickte wieder und nahm ihr den Kleidersack ab.

Dann drehte sie sich um und ging zurück zum Auto. „Ist schon bezahlt. Schönen Tag noch."

Und dann war sie auch schon wieder weg.

Ich blieb noch einige Minuten am Gartentor stehen. Dann atmete ich langsam durch. Ich versuchte mich zu beruhigen. Die Frau hatte Paula nur ähnlich gesehen. Und sie war wieder gegangen. Sie war nicht geblieben.

Ich lief in den ersten Stock hoch. Wir hatten hinter dem Schlafzimmer einen kleinen Ankleideraum. Die linke Seite gehörte Benjamin. Ich nahm die Hemden aus dem Plastikkleidersack, öffnete die Schranktür, schob die anderen Hemden ein Stück nach rechts und hängte die gereinigten über die Stange.

Dabei fiel mein Blick auf das Regal unter den Anzügen und Hemden. Dort lag etwas. Ein zusammengefalteter Zettel.

Ich stutzte.

Es war ein gefaltetes A3-Blatt. Es war eine Zeichnung. Von Mona. Ich kannte sie sogar. Es war die Zeichnung aus der Schule. Auf der die Kinder ihren letzten Geburtstag hatten zeichnen sollen. Sie hatte mir die Zeichnung an dem Tag gezeigt, an dem sie verschwunden war.

Warum hatte Benjamin die Zeichnung hier im Schrank aufbewahrt? Das ergab doch keinen Sinn.

Ich schloss den Schrank und setzte mich nebenan auf das Bett. Dann schaute ich mir die Zeichnung genau an. Dort war ein Tisch abgebildet, an dem ein Mädchen und ihr Vater saßen. Mona und ihr Vater. Ein paar Geschenke waren unausgepackt auf dem Boden neben dem Tisch gezeichnet. Die Geschenke hatten alle große, rote Schleifen. Und mitten auf dem Tisch stand etwas.

Eine Spieluhr. Es war die, die Monas Mutter ihr einmal geschenkt hatte.

Sie war deutlich zu erkennen. Sogar die kleine Prinzessin, die sich oben auf der Spieluhr befand und drehte und das rosa Kleid anhatte.

Warum versteckte Benjamin diese Zeichnung?

Irgendetwas stimmte daran nicht.

Mein Magen krampfte sich zusammen.

Langsam ging ich ins Erdgeschoss, in mein Arbeitszimmer. Da stand die Spieluhr. Im Regal. Neben den Stofftieren. Ich nahm sie in die Hand und zog sie auf. Sie spielte *Happy birthday*.

Was hatte Monas Mutter gesagt? Dass Mona sich immer an den vorgezogenen Geburtstag erinnern sollte. Auch wenn etwas passieren würde.

Ich drehte die Spieluhr. Unten in dem blauen Holzkasten der Spieluhr befand sich eine kleine Schublade. Ich hatte sie nie wahrgenommen. Sie war abgeschlossen.

Ich schüttelte die Spieluhr. Nichts. Nur ein paar schiefe Töne *Happy birthday*.

Ich lief in die Küche und nahm ein Messer aus dem Küchenblock. Dann hebelte ich die kleine Schublade auf. Es war schwieriger als gedacht, aber mit einem dumpfen Knacken brach die vordere Tür der Schublade heraus. Ich blickte in die kleine Öffnung. Dort steckte etwas drin. Vorsichtig zog ich es heraus. Es war etwas, was in ein Taschentuch gewickelt war. Ein Stofftaschentuch.

Mein Herz raste.

Ich faltete das Taschentuch auseinander. In geschwungener Schrift war der Name *Maja* eingestickt. Es war ihr Taschentuch. Ich wusste gar nicht, dass es noch Menschen gab, die heutzutage Stofftaschentücher benutzten.

In dem Taschentuch steckte ein kleiner schwarzer Datenstick.

23

Meine Hände zitterten, als ich den Stick in meinen Laptop steckte. Ein Fenster öffnete sich und zeigte den Inhalt an. Es waren unzählige Dokumente, Fotos und Videodateien.

Es war die gesamte Recherche von Maja zu dem Korruptionsfall von Benjamins Kanzlei. Die Dateien, die die Polizei die ganze Zeit gesucht hatte. Sie waren hier gewesen. Bei mir. Die ganze Zeit. Mona hatte sie unwissend außer Haus geschafft.

Es gab einen Ordner, der den Namen *Benjamin Grimaldi* trug. Ich öffnete ihn, und ich betete, dass ich nichts finden würde. Es gab nur eine einzige Datei in dem Ordner. Es war ein Foto einer Überwachungskamera. Auf dem Foto war oben links das Datum und die Uhrzeit eingeblendet. Man konnte Benjamin deutlich auf dem Foto erkennen.

Wo war das?

Es zeigte einen Eingangsbereich, Benjamin kam gerade durch eine Glastür. Auf der Glastür stand etwas. Ich kniff die Augen zusammen. Dort stand *Labor*.

Das Krankenhaus. Es war ein Krankenhaus.

Ich schaute zurück auf das Datum. Die Aufnahme war vor Majas Tod gemacht worden.

Mein Herz raste. Die Substanz, die im Krankenhaus gestohlen wurde. Hatte Benjamin sie gestohlen?

Oh Gott.

War er der Mörder von Maja?

Ich atmete durch und versuchte mich zu beruhigen. Vielleicht war er auch nur zu Verhandlungen in das

Krankenhaus gefahren. Aber im Labor? Und was war mit der Zeichnung? Warum hatte er sie in seinem Schrank versteckt? Hatte er mich die ganze Zeit getäuscht? Alle getäuscht?

Es gab noch weitere Ordner zu verschiedenen Personen. Einige Namen kannte ich aus der Firma von Benjamin. Auch Majas Mann hatte einen Ordner.

Und dann gab es noch einen Ordner mit dem Namen *Mona*.

Auch er enthielt nur ein Dokument. Es war ein Brief an Mona.

Es war ein Abschiedsbrief. Falls etwas passieren würde. Die Worte von Monas Mutter. Sie standen in großen Buchstaben ganz oben auf dem Brief.

Sie hatte es geahnt. Sie hatte geahnt, dass man ihr etwas antun würde. Und sie hatte vorgesorgt. Sie hatte den Stick in dieser Spieluhr versteckt und gehofft, dass Mona sich irgendwann an ihre Worte erinnern würde und beweisen könnte, wer ihrer Mutter etwas angetan hatte.

Es lief mir kalt den Rücken herunter. Dass die Spieluhr bei mir landen würde, das hatte sie nicht wissen können. Aber wahrscheinlich war sie so am sichersten gewesen. Wer weiß, wie Herr Benjes in den Fall involviert war? Dass ein Ordner mit seinem Namen auf dem Stick zu finden war, hieß nichts Gutes.

Ich konnte den Brief von Monas Mutter nicht lesen. Ich überflog nur die ersten und letzten Zeilen. Mir kamen sofort die Tränen. Und es war nicht mein Recht. Der Brief war für Mona.

Kurz bevor ich den Brief schloss, fiel mir auf, dass am Ende des Briefes etwas eingefügt war.

Ich vergrößerte den Bildschirm. Es war ein Screenshot. Von einem Kontoauszug.

Majas Konto.

Ich stockte. Auf dem Konto befand sich eine sechsstellige Summe Geld. Man konnte die Einzahlungen, von denen das Geld auf dieses Konto überweisen worden war, erkennen. Es war die Kanzlei von Benjamin.

In was war Maja da geraten? Wieso hatte sie Geld von der Kanzlei erhalten? Und zwar viel Geld.

Hatte sie die Firma erpresst?

Mit den Informationen, die sie hatte?

Hatte sie deshalb sterben müssen?

Ich klappte den Laptop zu und zog den Stick ab. Ich atmete tief durch. Ich wollte gar nicht mehr wissen. Der Fall würde sich mithilfe dieser Informationen aufklären lassen.

Ich wartete noch ein paar Minuten, dann rief ich Herrn Baumgartner an.

24

Benjamin kam noch an dem Abend in Untersuchungshaft.

Er hatte mich nicht angesehen, als er seine Tasche gepackt und die Polizei unten im Haus gewartet hatte. Ich hatte ihn enttäuscht. Und verraten. Aber was sollte ich machen?

Ein Mensch war umgebracht worden. Und irgendetwas hatte Benjamin damit zu tun.

Es dauerte über eine Woche, bis Herr Baumgartner anrief. Ich hatte bis dahin kein Wort mit Benjamin gesprochen. Ich hatte mehrfach versucht, über seinen Anwalt mit ihm zu sprechen, aber er wollte es nicht. Er wollte mich nicht sprechen. Und irgendwie konnte ich ihn auch verstehen.

„Erst einmal die gute Nachricht, Frau Grimaldi." Herr Baumgartners Stimme klang erleichtert. „Ihr Mann ist nicht der Mörder von Frau Benjes."

Ich atmete auf. „Gott sei Dank."

„Es gab einen Auftragsmörder, wie wir vermutet hatten. Und wir haben ihn bereits gefasst. Es ging dann dank der gefundenen Daten alles recht schnell. Die schlechte Nachricht ist, dass wir Ihren Mann noch nicht nach Hause entlassen können. Es besteht Verdunklungsgefahr, und bis wir die Ermittlungen nicht abgeschlossen haben, werden wir ihn hierbehalten."

Ich hatte sehr gehofft, dass er mir andere Nachrichten übermitteln würde.

„Wie lange wird das sein?"

„Es wird schon noch einige Wochen dauern. Ihr Mann ist in den Fall verwickelt. Wir wissen noch nicht, wie stark und wie viel ihm selber davon bewusst war."

„Wie geht es ihm?"

„Es geht ihm gut. Er arbeitet mit uns zusammen."

„Das ist gut."

„Passen Sie auf sich auf, Frau Grimaldi."

„Ich versuche es."

25

Ich stand auf der Terrasse.

Die Fingerhüte waren vollständig verblüht. Ihre Rispen waren braun und verwelkt. Traurig ließen sie die Köpfe hängen. Es war windig. Der Hund der Nachbarn bellte schon seit Stunden.

„Du musst schon sagen, Clara." Paula legte ihre Hand auf meine Schulter. „Das mit der Zeichnung in dem Schrank von Benjamin war schon ein cleverer Schachzug von mir."

Ich starrte auf die Elbe. Und kämpfte mit den Tränen.

„Na ja, eigentlich ein cleverer Schachzug von dir selbst." Sie stemmte die Arme in die Hüfte. „Benjamin musste weg. Du hattest es versprochen."

Ich blickte sie nicht an. Ich wollte sie nicht anblicken. Nie wieder.

Ich drehte mich um, ging ins Haus und wählte die Nummer meiner Therapeutin.

Ohne Euch wäre das nicht möglich!

Danke an:

Barbara Schultz, Rainer Schultz und Elsbeth Knüppel, Robin, Lena und Paul Schiller, Adda, Jöran, Leni und Jesper Petersen, Dagmar, Bernhard, Luise und Mathilde von Uslar-Gleichen, Katharina, Mattis und Thorsten Puderbach, Jana Denecke und Tim Schurig, Joana und Philipp Rhode, Vera Krebs, Kirsten Becker, Kristina Burmester, Merle Henning, Julia Horstmann, Simone Gierke, Nina Arp, Julia Oertel, Agnes Lontke und Familie, Lisa und Volker Wichmann, das Gymnasium Blankenese, meine großartigen Klassen und Kurse und insbesondere Danke an das tolle Kollegium und Team für eine so fördernde, unterstützende und zugewandte Zusammenarbeit!